不正經的魔術講師與追想日誌 4

Memory records of bastard magic instructor

「哇啊啊啊啊啊啊啊啊——!?還沒嗎!?還沒找到讓白貓她們恢復原狀的方法嗎!?」
「別心急嘛，葛倫。魔術研究最忌諱的就是心浮氣躁了。」
見瑟莉卡一副滿不在乎的模樣，葛倫氣急敗壞。
「這要教我怎麼不心急!?妳自己看吧！」

　　循著葛倫手指的方向望去，可以看到西絲蒂娜、魯米亞、梨潔兒。

　　她們三個人的身上都長出獸耳和尾巴，變成了獸人的樣子。這是學院魔導工學教授奧威爾的實驗造成的。

「可惡，奧威爾那個白痴，每次都在亂搞——！」

「有什麼關係。這樣看起來很可愛啊？」

「別開玩笑了！她們現在不知為何只吃甜食耶!?而且食量還很驚人！」

　　葛倫買給她們的甜食多得如一座小山，西絲蒂娜她們現在正津津有味地享用著。

「話說，為什麼她們只吃甜食啊!?」

「唔，獸人狀態消耗的熱量似乎遠超乎想像。甜食則是容易取得的熱量來源。或許這就是原因吧……」

「所以快點幫她們恢復原狀！再被她們吃下去我會先破產的！拖太晚沒救了我可不管喔!?」

　　這時——

「欸，老師。我肚子餓了。」

「……嗯，草莓塔，Please。」

　　把份量驚人的甜食一掃而空的三名少女，簇擁著葛倫，表現出可愛的樣子向他撒嬌……

「拜、拜託饒了我吧——！」

　　葛倫淚眼汪汪地拔腿開溜了。

「呃，我是金色陽光☆魯米米！」
「……我是藍色月亮☆梨潔潔。」
「我是銀色星星☆西絲蒂蒂！我們三個合體後就是──」
「「「魔法少女MAGICAL☆SKY！」」」
「咚！」背後響起了震撼的魔術爆炸音效，身穿閃亮亮又輕飄飄服裝的魯米亞、梨潔兒、西絲蒂娜擺出了招牌姿勢。
「等一下，叫我們做這種事情到底是要幹嘛!?」

猛然回神的西絲蒂娜，咄咄逼人地向葛倫質問。

「呃，妳們不是誤飲了瑟莉卡調製的小孩化魔藥嗎？難得有這個機會，在妳們恢復原狀前，不好好活用一下豈不是太可惜了？」

「活用⁉什麼意思啊⁉」

「現在的妳們絕對可以一炮而紅！我建議妳們暫時以魔法少女之姿從事偶像活動！放心吧，由我來當妳們的製作人！」

「你、你這不正經的男人……！」

西絲蒂娜的太陽穴爆出了青筋，這時──

「對了……說到魔法少女，就少不了在旁輔助的可愛吉祥物吧？葛倫。」

瑟莉卡出現在葛倫等人的面前。

「這個嘛……好像是這樣沒錯。」

「嗯，其實呢，我手上有『把人類變成老鼠的藥』喔……怎麼樣？葛倫？」

瑟莉卡把手搭在葛倫肩上。

「啥？……嗯？………咦？」

葛倫瞬間臉色發青，表情僵硬。

瑟莉卡看著這樣的葛倫，露出了甜美的微笑。

「呼，假日來咖啡廳，一手拿著紅茶看書……真的是太優雅了。」

「這樣很有當學生的感覺呢。」

在Aventure咖啡廳的一角，西絲蒂娜和魯米亞正悠悠哉哉地放鬆精神。

「像這樣悠閒地度過平靜的時光……真是人生一大享受呢。」

「不過……對梨潔兒來說好像太無聊了。」

魯米亞面露苦笑，視線往旁邊移動。

只見梨潔兒把教科書當枕頭躺臥在沙發上，露出了天真無邪的睡臉。

「一開始她還模仿我們，誇大聲勢地說『我要跟妳們一起用功讀書』呢，結果……」

「……也不能怪她啦。」

當兩人注視著梨潔兒的睡臉，輕聲苦笑時——

好了嗎？」

葛倫噹啷噹啷地推開咖啡廳的門走了進來。

「啊，老師，你終於來了～」

「噢？妳們兩個放假還這麼用功啊。好，我請妳們吃草莓塔當作獎勵吧。」

「——!?」

聞言，梨潔兒突然從沙發彈起來翻開教科書。她用書遮住下半張臉，頻頻偷窺著葛倫。

「梨、梨潔兒，妳這傢伙實在是……」

「哎……對梨潔兒來說，草莓塔還是比讀書有吸引力嘛。」

「呵呵，我再點一杯茶喔。」

看到梨潔兒的反應，葛倫不禁露出傻眼的表情，西絲蒂娜和魯米亞則是相視而笑。

Memory records of bastard magic
instructor

CONTENTS

輕小說

L

不正經的魔術講師與追想日誌

4

羊太郎

插畫/ 三嶋くろね　譯者/ 林意凱

咦咦——!?老師和魯米亞有小孩——!?!?!?

西絲蒂娜・席貝爾

Memory records of bastard magic instructor

Character

阿爾貝特．弗雷澤

隸屬帝國宮廷魔導士團特務分室。葛倫的前同袍。帝國首屈一指的狙擊手，從戰鬥到諜報，所有任務都能一手包辦，是各項能力突出的頂尖魔導士。

葛倫．雷達斯

主角。阿爾扎諾魔術學院的魔術講師，討厭魔術。不管做什麼事都馬馬虎虎、懶懶散散，以魔術師來說只是個三流人物，找不到任何一處優點。不過他真實的面貌是——？

瑟莉卡・
阿爾佛聶亞
阿爾扎諾帝國魔術學院教授。外貌年輕，不只養育葛倫長大，還傳授魔術給他，是名謎團重重的女性。對葛倫有溺愛的一面。
梨潔兒・
雷佛德
隸屬帝國宮廷魔導士團特務分室。雖然被派到學院來擔任魯米亞的護衛，但不知何故老是追著葛倫屁股跑。
西絲蒂娜・
席貝爾
綽號「師見愁」，一板一眼的資優生。常常受不了葛倫吊兒郎當的態度把他罵得狗血淋頭，這樣的畫面已經成了學院的特色。
魯米亞・
汀謝爾
個性清純善良，人見人愛，無論走到哪裡都大受歡迎。內心十分仰慕拼命保護學生的葛倫。常常在葛倫和西絲蒂娜吵架的時候扮演和事佬。

某少女的素行調查

Privacy of Re=L

Memory records of bastard
magic instructor

「咳咳……咳咳……嗚嗚……」

昏暗的巷弄裡，響起了痛苦的咳嗽和呻吟聲。

有個因為發高燒而意識模糊的少年，靠著牆壁癱坐在暗巷地上。從他的臉色判斷，他似乎病得不輕。

「不要……不要……哥哥……哥哥……振作一點……」

幼小的少女，哭著緊緊挨住虛弱的少年。

「對不起……啊……莉、雅……都是我……太沒用……了……」

少年伸出顫抖的手，輕撫哭哭啼啼的少女的頭。

他們因為命運造化失去一切。沒有錢、沒有人依靠，一無所有。

無論古今東西，一無所有的人，最後迎接的往往是悲慘的結局。無一例外。

就算再怎麼掙扎，少年的人生也已經不幸地走到盡頭……就在這種時刻，一道腳步聲漸漸靠近兩人。

叩、叩、叩……腳步聲的主人明顯朝著這對兄妹走來。

難道是看我們好欺負的強盜嗎……？

這一帶治安敗壞。非常有可能出現強盜。

「……莉、莉雅……快……逃……」

少年試圖站起身幫助少女逃走，可惜他的身體使不上力，隨即又不支倒地……

「哥、哥哥!?」

過沒多久，腳步聲的主人在兄妹眼前現身了。

由於逆光的關係，兩人看不清楚對方的長相。

只看得出來她似乎是將頭髮隨興地紮成一束，披在後頸上，身材嬌小的藍髮少女。

「……妳、妳是……？」

「…………」

站在兄妹面前的那名人物，目不轉睛地盯著他們看了好一陣子……

突然，她不發一語地抓住了少年的胸膛。她發揮從纖細的手臂所無法想像的強大力氣，毫不費力地拎起少年的身體。

藍髮的少女就這麼把少年拎在半空中，邁步離開……

「……嗚、咕……」

「哥哥!?住、住手！快點放開我哥哥！」

年幼少女的悲痛叫聲在暗巷裡迴盪，然後……

某一天的午休時間。

在學院的後庭。

「「梨潔兒品行不端～～!?」」

從同班同學溫蒂的口中聽聞出人意表的消息，西絲蒂娜和魯米亞錯愕地驚呼出聲。

「噓！妳們叫得太大聲了！這只是傳聞啦，傳聞！」

溫蒂比了「噓」的手勢，示意兩人冷靜。

「最近梨潔兒在學院受到其他學生排擠……妳們應該也有發現吧？」

「確實是有那個感覺……」

「我也很在意這件事，所以前陣子和卡修同學跟琳恩他們一起四處探聽。結果……」

她啊，成天在風化區流連忘返。

她啊，在從事見不得人的工作。

她啊，整天打架滋事。

……跟梨潔兒有關的負面傳聞，多到不計其數。

「……前些天甚至傳出她向人勒索的消息。」

「勒索……？」

「就是抓住毫無反抗能力者的胸口，強迫對方把錢拿出來。」

溫蒂一副感到半信半疑的樣子，比手畫腳地形容那種畫面。

「梨潔兒她不可能做出那種事吧……」

魯米亞傷心地呢喃。

「我也覺得難以置信。可是事出必有因呀。」

溫蒂直直地注視西絲蒂娜和魯米亞，神色嚴肅地說：

「妳們是和梨潔兒關係最親密的人……可以請妳們稍微注意一下她的行為嗎？不至於刻意深入追查……不過，如果有什麼發現，也請通知我們一聲。到時候我們再來一起商討計策……那麼，回頭見了。」

——基於這個緣故。

得知好友傳出這種負面傳聞後……

西絲蒂娜和魯米亞自然不可能不深入追查。

（……怎麼樣？西絲蒂？）

（沒問題。她應該沒發現我們在跟蹤。）

放學後踏上固定的回家路線，在固定的交叉路口和梨潔兒分開後，西絲蒂娜和魯米亞佯裝準備回家，接著立刻展開跟蹤，進行梨潔兒的素行調查。

（雖然跟蹤是不對的……不過，如果梨潔兒真的誤入歧途，我們身為她的朋友，必須幫她洗心革面……）

（沒錯，雖然心有點痛，但我們加油吧……）

然後不管梨潔兒發生什麼事，都要毅然且冷靜地面對。

西絲蒂娜和魯米亞下定決心後，繼續跟蹤梨潔兒，然而……

（咦咦咦咦咦咦咦咦——!?）

一路尾隨梨潔兒的西絲蒂娜，在看到那幅光景後，難掩驚訝及動搖，忍不住錯愕地大叫。

兩人鬼鬼祟祟地跟蹤梨潔兒抵達的地點，是一處座落在菲傑德東區郊外的自然公園。

蒼鬱的森林深處有條小溪，一頂又小又破爛的帳篷就搭設在溪畔。

只見梨潔兒雙手環抱著膝蓋，百無聊賴似地坐在帳篷旁邊。

西絲蒂娜和魯米亞完全沒想到會看到這種畫面，內心受到衝擊。

「這、這是怎麼回事!?梨潔兒之前一直住在這種地方嗎!?這樣不就是遊民嗎……？」

躲在樹後從遠方觀察的西絲蒂娜臉頰抽搐，看著一旁的魯米亞。

「…………」

魯米亞也目瞪口呆。

觀察梨潔兒身處的環境四周，只見樹枝上吊著等待晾乾的清洗衣物，地上有空罐頭和沒吃

完的軍用糧食，以及營火的痕跡……瀰漫著一股難以形容的生活感。

至少，看得出來梨潔兒已經在這個地方生活好一段時間了。

「我、我記得梨潔兒是帝國宮廷魔導士團王牌吧……？他們讓王牌過這種生活……？」

「大、大概是因為預算不足吧……？」

「嗯……」

對兩人的心情一無所知，愣愣地盯著眼前溪流的梨潔兒，突然有了動作……

梨潔兒毫不遲疑地開始脫掉身上的學院制服。

「咦──!?」

躲在遠方樹後偷看的西絲蒂娜和魯米亞，不禁瞪大雙眼。

在兩人注視下，梨潔兒淡然地脫下裙子，從上衣袖管抽出手，脫掉上下半身的內衣褲，轉眼間就一絲不掛。

彷彿吹彈可破的白皙肌膚，看似含苞待放的乳房，儘管凹凸不明顯且稍嫌稚嫩，但身體線條帶給人清純感的肢體，大剌剌地攤在陽光底下──

只見梨潔兒輕輕地踏入水流清澈的小溪，讓赤裸的身子浸泡在溪水裡，慢條斯理地開始清潔身體。

纖細的手臂浸泡在水裡，搓洗瘦小的肩頭，接著讓解開的頭髮垂落在水面上，唰唰唰地刷洗起來。

看似睡不飽的臉上面無表情。彷彿在進行某種例行公事般的清洗動作，就像在保養武器。

「她、她也真是的——！」

西絲蒂娜和魯米亞連忙確認四周。所幸除了她們以外四下無人，可是……

（她也太沒有防備了吧……）

以青春少女的標準而言，梨潔兒的行動太過粗枝大葉。即使像這樣親眼目睹，還是令人難以置信。

「…………」

梨潔兒對西絲蒂娜和魯米亞的擔心渾然不覺，大致清洗過身體後，似乎想到了什麼，突然站在溪流的正中央。珍珠般的水滴自髮梢滴下，一路沿著白皙如雪的肌膚滑落。

然後，看似昏昏欲睡的梨潔兒，目不轉睛地盯著水面看。

「她、她想做什麼……？」

西絲蒂娜百思不解，這時——

梨潔兒突然以快到肉眼無法看清的速度揮動手。

啪沙沙沙沙沙！

梨潔兒的右手掃過水面，激起了盛大的水柱……

只見一條魚隨著飛沫噴上天空，掉到溪邊。

「咦咦咦咦——!?那是怎樣!?」

「好、好厲害……」

西絲蒂娜和魯米亞一臉驚愕地，看著在石頭上彈跳的活魚。

當兩人啞然失色時，梨潔兒繼續揮動手刀。

啪沙！啪沙沙沙！

一道道的水柱接連噴發，梨潔兒捕獲了一條又一條的魚。

「……嗯。釣魚大豐收。」

（這跟我認知中的釣魚完全不一樣喔!?）

西絲蒂娜內心的無聲吐槽，無法傳達給梨潔兒。

捕完魚的梨潔兒上岸用毛巾擦乾身體，穿上晾在枝頭的內衣褲和衣服。那套服裝是帶有褶邊的無袖背心和短褲……正是西絲蒂娜她們前陣子幫她挑選的衣服。

換好衣服的梨潔兒，用魔術和溪水製作冰塊，接著將冰塊敲碎，把碎冰和捕到的魚一同裝進木箱。

（……她在做什麼啊……？）

西絲蒂娜和魯米亞心生疑惑，同時，梨潔兒抱著裝了鮮魚和冰塊的木箱離開帳篷，慢吞吞地往街區的方向移動。

梨潔兒前往的地點是菲傑德南區的第三大街，也就是人稱商業區的區域。

在人聲鼎沸的菜市場裡……

「謝謝妳常常供應貴重的新鮮溪魚啊！梨潔兒妹妹！」

「嗯。」

「這種魚的嘴巴很脆弱，使用釣鉤的話很難無傷地捕獲……妳到底是怎麼釣的啊？」

「我有獨門訣竅。」

只見梨潔兒和菜市場的男子進行交涉，用漁獲換取金錢。

（梨、梨潔兒是不是很缺錢啊……？）

（會過那樣的生活，有經濟問題也不意外呢……）

躲在遠方觀察梨潔兒的魯米亞和西絲蒂娜，竊竊私語地討論。

（不過……目前為止，沒看到她有做出學校流傳的不良素行吧？）

（可是那種帳篷生活真的會令人嚇一跳呢……）

就在這時——

「兩位小妹妹……妳們是梨潔兒妹妹的朋友嗎？」

一旁賣水果的老婦人開口向西絲蒂娜她們攀談。

「我看妳們躲得遠遠地偷窺梨潔兒妹妹很久了……而且妳們身上的服裝跟梨潔兒妹妹平常穿的是同一套。」

老婦人指的應該是學院制服吧。

「啊，是的。沒錯。」

「不好意思，我們鬼鬼祟祟的……我們只是想瞭解她平常在校外都在做什麼事。」

「這樣啊、這樣啊。」

於是，老婦人溫溫吞吞地開始談起梨潔兒。

「她是個好孩子。明明是女孩子卻力大無窮……個性又很善良。上次也是默默地向不知道該怎麼搬運重物的我伸出援手。」

除了老婦人以外，從剛剛觀察到的市場民眾對梨潔兒的態度來看，她在這個地方似乎享有吉祥物般的地位。

（看來梨潔兒果然是個好孩子啊……）

西絲蒂娜和魯米亞聽了老婦人的說法後，不禁鬆了口氣，然而——

「不過……就因為她是好女孩……所以有個奇怪的傳聞，讓我很在意……」

老婦人的臉突然蒙上一層陰霾。

「咦？奇怪的傳聞……嗎？」

「沒錯……聽說……梨潔兒妹妹她私底下從事某種不是很光明正大的工作呢……」

「！」

老婦人的說詞，讓西絲蒂娜和魯米亞微微睜大了眼睛。

果然還是出現了。

她們所掛念的梨潔兒的負面傳聞。

「像她那麼善良的女孩子，不可能做出那種事……雖然我信任她……不過還是有點擔心。」

「……魯米亞。」

「嗯。」

西絲蒂娜和魯米亞心照不宣地向對方點頭。

另一方面。

「一、二、四……嗯？二的後面……是三嗎？」

遠方的梨潔兒，則是悠哉地算著收到的金錢。

於是——

兩人繼續跟蹤梨潔兒。

離開菜市場後，梨潔兒接著往南區內部移動。

兩人偷偷摸摸地一路尾隨，原本充滿活力又健全的商業街，景色漸漸出現了變化。

不知不覺間，街邊商店的主流變成了俱樂部、飲酒店、酒吧等專門提供酒精飲料的飲食店。衣著暴露的女性在店門口搔首弄姿地賣弄性感，積極拉客。此外，還有有性感舞者跳舞的劇場、賭場及賓館散布在四周，盡是一些專為大人服務的遊樂場所。

菲傑德南區第六大街。這一區就是俗稱的風化區——不夜城。或許是太陽還沒下山的關係，目前熱鬧程度只能算馬馬虎虎，不過天黑之後，想必人潮就會湧現，呈現出更為混沌的熱絡景象吧。

說穿了，這裡不是適合像西絲蒂娜她們這種芳齡少女，大剌剌地走在街上的地方。

「梨潔兒怎麼會跑到這種地方來呀……？」

西絲蒂娜躲在建築物角落，目不轉睛地注視著梨潔兒的背影。

梨潔兒不斷往前走，步伐沒有一絲迷惘。

「嗚嗚……大家好像都在打量我們……」

當兩人對自身所處的四周狀況，感到渾身不自在時——

「！」

有人現身和梨潔兒進行接觸了。

對方是個身穿低胸性感禮服，散發出頹廢氣息的女子。年齡不詳。從濃妝豔抹的臉看起來，她是經常出入這個地區的人。女子正姿態慵懶地用長長的菸管抽菸。

那名女子和梨潔兒不知道在交談些什麼。

「那個人看起來好可疑喔……」

魯米亞的臉流露出了幾分警戒的顏色。

「不曉得她們在聊什麼……？」

明知偷聽是不好的行為，可是兩人實在很在意，還是決定使用魔術。

她們輕聲詠唱了黑魔【凝聚聲音】——一種可以聽見遠方聲音的咒文。

霎時，梨潔兒和女子的對話傳入兩人耳中——

『妳不是很需要用錢嗎？再來我們店接待男客人嘛？我會付妳豐厚的報酬……呵呵呵……』

『嗯，好。』

『噢噢，那就麻煩妳了。妳應該也知道，來我們店裡的客人很多都「積了很久」，做那種行為時通常也滿粗暴的。店內的小姐已經很努力接客了，還是有些不勝負荷。』

『沒問題。包在我身上。』

『呵呵呵……自信滿滿呢。已經習慣應付男人了嗎？』

『嗯，習慣了。』

『當初那個什麼也不懂的小妹妹，現在竟然變得這麼勇敢了。妳不如正式來我們店裡當正職吧？反正現在有不少客人都是衝著妳上門的。妳光靠那副肉體就能大賺一筆了喔？』

『嗯，我會考慮。』

……梨潔兒和那名女子進行著那樣的對話，走進了氣氛非常詭異的房子裡。

「什、什、什、什……？」

西絲蒂娜頓時血色全失。

「剛、剛剛的對話……難……難道是……？」

「啊、啊嗚、啊嗚、啊嗚……」

連向來堅強的魯米亞也頻頻開闔嘴巴，意志動搖。

做見不得人的工作傳聞。

和可疑女子的對話內容。

——妳光靠那副肉體就能大賺一筆了喔？

西絲蒂娜和魯米亞並沒有天真到，無法想像這句話所代表的涵義。

兩人想起了先前所目擊到的梨潔兒的帳篷生活。

住在森林裡無家可歸的女孩。靠捕魚勉強維生……經濟困頓的梨潔兒……終於出賣自己的身體……一次又一次地……

「「…………」」

西絲蒂娜和魯米亞半晌都說不出話，沉默地凝望著梨潔兒走進的那棟建築物……

她們焦慮地想像著那間屋子裡可能發生的畫面……

……

…………

——嗯。久等了。謝謝哥哥指名我……今晚我會努力服侍？哥哥的……

——嗯……那裡好癢……我的、胸部很小……

——哈啊……哈啊……嗯嗚……好、舒服……身體好像快融化了……

——嗯、嗯嗯……啊……快停……拜託……不要、太粗暴……會壞掉的……

——啊、啊嗯……呀嗯……啊嗚……嗯啊啊——!?

…………

……

她們焦慮地想像著那間屋子裡可能發生的畫面……

轟！

西絲蒂娜和魯米亞的臉，瞬間沸騰成火紅色。

「不、不可以啦，梨潔兒——!?」

「就是說啊！妳得更愛惜自己才行呀——！」

兩人露出駭人的模樣大叫，拔腿衝進了屋子裡。

——屋內儼然是一片戰場。

燈光昏暗的店內，擠滿了剛結束工地或土木工程的工作，身材粗壯、長相凶惡的男性客人，非常熱鬧。

不管是陳列在店內的桌位或內部的吧檯，幾乎座無虛席。

所有客人都手拿冰涼的麥芽啤酒，以炸馬鈴薯片和炸魚（炸魚薯條），以及炸長臂蝦等廉價料理當下酒菜，吵鬧到像在互相叫罵一樣。

「動作慢吞吞的！還不快點把酒端出來——!?」

「好、好的！酒馬上來——！」

衣著暴露的女服務生們，手忙腳亂地在拍桌催促的大老粗們之間來回穿梭，負責送上酒菜。

這些男人都是歷經白天的操勞，累積了不少疲憊與鬱悶的勞力工作者。他們只能靠飲酒作

樂消除壓力，也難怪個個殺氣騰騰。

「噗哈啊啊啊啊——！你是白痴啊!?去死啦！」

「叫屁啊！想吃老子的拳頭是不是!?」

由於消費族群的關係，店內此起彼落的對話都非常粗魯，且帶著火藥味。

原本氣氛就相當火爆。喝了幾杯酒之後，理智的拘束自然愈來愈鬆弛……最後，動不動就容易發飆的客人們終於……

「啊啊!?你這王八！想打是不是，來啊啊啊啊啊——！」

「你說什麼!?怕你不成啊，混帳！看我把你做成消波塊丟進水裡！」

他們因為一些雞毛蒜皮的小事，一言不合吵了起來，進而開始扭打互毆。

「好耶！打給他死！」

「用腳踹下去啦，雜魚！」

「哇哈哈哈哈哈哈哈哈——！」

有好戲可看，四周的男客人紛紛手拿酒杯起鬨。

「怎麼樣！怕了吧，笨蛋！」

「根本不痛不癢，蠢貨！」

男子們大打出手，把店面的桌子都撞翻了。

現場充斥著怒吼和歡呼聲。

面對這場如狂風暴雨般的大亂鬥，女服務生們只能手足無措地呆站著。

「嗚喔喔喔喔喔喔喔——！」

「去死吧————！」

就在這時——

有名少女無聲無息地，鑽進了同時向對方揮拳的兩名男子之間。那個人就是梨潔兒。

「嗯。」

面對體格比自己高大兩倍以上的壯漢所揮出的拳頭，梨潔兒竟然輕鬆地用雙手分別接下。

「「「出現了——！我等聖域的守護神梨潔兒降臨啦————！」」」

「「「幹得好，梨潔兒妹妹！修理那兩個笨蛋！」」」

整間店的氣氛瞬間更加火熱。女服務生們被震懾得呆若木雞。

「要打架去外面。會給其他人造成困擾的。」

梨潔兒喃喃說道。

「妳說什麼!?皮在癢嗎!?」

「臭小鬼也敢囂張——嗚啊!?」

兩名男子試圖伸手抓住梨潔兒時——

梨潔兒冷不防扭轉了他們的拳頭，接著利用男子反射性地轉身的力量，再加上她自身的驚人臂力，彷彿在施展魔法似地，硬生生地將兩個高頭大馬的壯漢拋飛出去。

「「呀啊啊啊啊啊啊啊——!?」」

兩名男子撞破店門飛到外頭後，不敵衝擊和酒精所造成的頭暈目眩，一起躺在店門口昏睡過去了。

「「「嗚喔喔喔喔喔喔喔喔——！梨潔兒妹妹——！」」」

店內的喧鬧聲已經到了驚天動地的程度。

「這是怎麼回事呀……？」

坐在店內吧檯的西絲蒂娜，被眼前這場混沌的派對震懾得說不出話。

「怎麼樣？應該不是妳們想像中，那種見不得人的工作吧？」

先前和梨潔兒交談的女子，站在吧檯內用菸管抽菸，向西絲蒂娜露出竊笑。她是這間偏遠廉價酒場的老闆。

「啊哈哈……原來梨潔兒的工作是擔任酒場的保鑣嗎？」

「沒錯。」

在西絲蒂娜旁邊的魯米亞惶恐地一臉愧疚，老闆向她面露微笑。

「話說回來，剛才妳們兩個一臉可怕地衝進店內，劈頭就跟我講了一堆莫名其妙的腥羶話題……搞得我一頭霧水呢，咯咯咯……原來妳們誤以為我們是在做那種行業的呀……啊哈哈！最近的小女生年紀輕輕的，耳朵就不太好，未老先衰了呢！」

「嗚嗚，對不起……真丟臉。」

「沒關係啦、沒關係啦，這也代表妳們真的很重視梨潔兒這個朋友吧？我不討厭那股熱情。」

老闆說完之後，洋洋得意地笑了。雖然她濃妝豔抹，令人看不出年紀，但不可思議的是，愈看愈覺得她很親切可愛。

「總之，出入我們酒場的人，通常都是那種腦袋不靈光的大老粗。我們專門接待那些因為火爆的脾氣，而被其他店列入黑名單的客人。畢竟，不管是多麼無可救藥的笨蛋，還是會希望有地方可以讓他們好好喝杯酒嘛。」

「該怎麼說……這裡真令人大開眼界呢……」

「呵……他們似乎都因為白天的工作，累積了不少壓力，導致脾氣變得火爆……所以一到週末，他們就會跑到這裡大吵大鬧，宣洩心中的鬱悶。」

老闆環視儼如戰場的店內。雖然一臉受不了他們的模樣，卻也流露出了幾分慈愛。或許她人不可貌相，是個擁有寬大胸襟的女性呢。

「哎，如果只是吵鬧也就罷了，偏偏這群傢伙們血氣方剛。時常為了無聊的小事大打出手，才會被其他店列入黑名單……唉，真是一群學不乖的傢伙。平日都是由我出手修理他們解決紛爭，可是週末的人潮，實在讓我分身乏術。多虧有了力大無窮的梨潔兒，讓我的負擔減輕了不少呢。」

「呃、呃……」

「而且梨潔兒上班的那天，生意總是會比平常更興隆喔？雖然她是個乳臭未乾的小女孩，不過長得真的很可愛……在客人的心目中，梨潔兒應該就像是親生女兒般的存在吧？喏，男人的憧憬不就是擁有勇於糾正父親的可愛女兒嗎？好像是吧？我也不是很懂啦。」

店內又有其他人開始大吼大叫，互毆滋事。

受到波及的火爆酒客，也陸續加入鬥毆的行列，眼看情況一發不可收拾……

「嗯，安靜一點。」

這時，梨潔兒從旁介入了。

她先抓住A男的手臂將他摔飛，接著瞬間繞到B男的背後用手刀把他敲昏，咚的一聲把C男撞出到店外，再以胳臂繞住D男的脖子，僅花半秒時間就把他勒昏，最後以頭下腳上的姿勢把E男扛起來重擊腦門……兩三下就平定了騷動。快刀斬亂麻指的就是這麼一回事吧。

每當梨潔兒以犀利的身手擺平一場鬥爭，就為店內帶來一波高潮……

然後過沒十分鐘，又有另一群學不到教訓的傢伙開始滋事。

梨潔兒出面後，又乾淨俐落地擺平了他們……

「怎麼樣？習慣之後，會覺得像是在看精彩的表演吧？」

「「嗚哇……」」

面對店內那混亂至極的景象，西絲蒂娜和魯米亞也只能臉頰抽搐地苦笑。

儘管因為貿然做出判斷而鬧了大笑話，不過兩人都有如釋重負的感覺。

因為她們現在終於確定，傳聞終究只是傳聞。

然而，原本開懷大笑的老闆，突然臉色一沉。

「……呼，好吧……既然妳們那麼珍惜梨潔兒這個朋友……或許可以把那件事情告訴妳們吧……」

「咦？什麼？」

「這個嘛……梨潔兒她呢……最近鬧出了有些奇怪的傳聞……或許這算是父母疼愛子女的心情吧？總之我非常擔心。」

「咦？又是傳聞!?」

「梨潔兒她怎麼了嗎？」

又有什麼不可告人的事情嗎？

西絲蒂娜和魯米亞訝異地心想。

「其實，梨潔兒她……」

老闆一五一十地說出了那個傳聞。

日落後──

「本來希望妳可以繼續在店內坐鎮的，不過既然妳還有事情要忙，那也無法勉強。拿去吧，這是妳的工資。我加了一點獎金給妳，下次再麻煩妳囉？梨潔兒。」

「嗯。」

從老闆手中接過裝了錢的袋子後，梨潔兒走到店外。

西絲蒂娜和魯米亞也跟著她一起離開。

「……一、二…………好多喔。」

梨潔兒打開袋子數錢，還沒數到一半，似乎就感到厭煩了。

「以、以這麼短的工作時間來說……工資還滿多的吧……？」

「太、太好了……」

西絲蒂娜和魯米亞探頭看著梨潔兒的掌心，表情顯得非常僵硬，那是因為她們剛才聽了老闆親口說的傳聞。

「對了……西絲蒂娜和魯米亞，妳們怎麼會在這裡？」

「呃、呃……我們來散步啊。」

儘管這個藉口非常牽強，不過梨潔兒似乎不覺得可疑。

「是嗎？我接下來還有事……妳們呢？」

「我、我們……差不多要回去了吧？」

「對呀……雖然今天義父義母不在家……可是天色已經暗下來了。」

「嗯。路上小心。」

梨潔兒淡淡地說道後，轉身慢條斯理地往風化區深處移動。

那個方向當然不是梨潔兒所居住的帳篷所在地。

「難道……那是真的……？」

「梨潔兒怎麼可能……可是……」

老闆透露的另一個傳聞。

聽說，梨潔兒似乎和品行不端的人們一起廝混。

像菲傑德這種規模的帝國大都市，街頭難免會有不良集團……也就是所謂的狐群狗黨。根據傳聞，梨潔兒經常在那些不良分子聚集的地點徘徊。

——雖然我相信梨潔兒不會做出什麼傻事……可是這一帶有非常多會騷擾民眾的痞子團體，所以我有點憂心——

兩人想起了擔心得愁眉不展的老闆所說過的話。

「怎麼辦……魯米亞？」

「…………」

目送梨潔兒的背影漸漸消失在夜晚的街頭後，兩人做出的決定是——

「吶，兩位漂亮的小姐……和我們做點好玩的事情嘛……」

「《雷精的紫電啊》。」

啪嘰！

西絲蒂娜二話不說，便朝面帶猥褻笑容上前攀談的三名男子，施放攻擊咒文。

她沒有真的想傷害他們。射出的紫電只擦過帶頭男子的臉頰而已。

不過光是這樣，就能發揮絕大的威嚇效果了。

「咿!?她們是魔術師!?」

「快、快逃啊啊啊啊——！」

見男子們嚇得渾身發抖，鳥獸散般落荒而逃，西絲蒂娜鬆了一口氣。

「呼，跑來這種地方，果然太有勇無謀了嗎？」

「可是梨潔兒實在讓人放心不下……」

從房子轉角往前窺視，可以看見慢吞吞地走著的梨潔兒的背影。

剛才兩人最後還是決定繼續跟蹤。

從風化區往深處移動，就是菲傑德南區第八大街。這一帶是勞動者階級等下層市民居住的區域，街景破舊不堪，死氣沉沉，環境水準和治安也十分堪慮。

說穿了，這裡也不是適合西絲蒂娜她們這種青春少女，在這種時間帶隨便走動的場所。

「假如她真的跟不良集團廝混……那我們必須阻止她。」

「是呀……」

重新堅定決心後，西絲蒂娜和魯米亞繼續尾隨。

兩人沿著缺乏規劃的複雜道路前進……不久，梨潔兒抵達了位在巷弄內的廣場空間。

有十幾個看起來並非善類的少年，群聚在那個廣場上。

『哼，終於來了嗎？矮冬瓜。』

『嗯，我來了。』

一名看似是團體的老大、身材高壯的少年，要給梨潔兒下馬威般，出面瞪了她一眼。

那名頭髮染成紅咖啡色，皮膚被太陽曬得有些黝黑，肌肉結實，看起來頗有架勢的少年是

「那、那個人……不是迦伊爾同學嗎？」

魯米亞驚訝地睜大眼睛。

迦伊爾・烏路法特。他是魔術學院的學生，過去曾在魔術學院舉辦的魔術競技祭中，和魯米亞就『精神防禦』這門賽事纏鬥到最後一刻，也是眾所皆知的問題人物。

『迦伊爾大哥！有她來助陣，看來今天的火拚我們贏定啦！』

『啊啊，雖然少了雷奇這傢伙，對我們來說有點吃虧……可是今天一定要徹底擊潰那幫讓人看了就不爽的混帳。你們可別手軟了喔？』

『『『喔喔喔喔喔喔——！』』』

『喔～』

定睛一瞧，以迦伊爾為首，所有人手上都拿著劍、斧頭、匕首等危險的武器。

就連梨潔兒也高速鍊成平常的大劍，高高舉起。

『哼，看來妳的鬥志非常高昂嘛，矮冬瓜。期待妳的表現。』

『嗯。我會努力痛扁他們的。』

一臉沒睡飽的梨潔兒，淡淡地回答笑得十分猙獰的迦伊爾。

於是，一群人在迦伊爾的帶領下，浩浩蕩蕩地往巷弄深處移動。

「那、那是要做什麼……？難、難道是不良集團間要相互廝殺……!?」

「怎麼會……梨潔兒……」

靜觀其變的西絲蒂娜和魯米亞，都面露不可置信的表情呻吟。

不良集團間的廝殺，有時會嚴重到驚動菲傑德警邏廳介入的情況，甚至鬧上新聞版面。

不僅有鬧出人命的風險，而且迦伊爾等人手持的武器，都屬於非常凶惡危險的東西，怎麼看都不像是要單純幹架。

假如演變成大事件，而梨潔兒被捲入其中的話……最糟的結果，她有可能會被退學……

「等、等一下！」

回過神來時，兩人已經反射性地從暗處跳出來大叫了。

西絲蒂娜和迦伊爾展開正面對峙。

「你打算煽動我們的朋友做什麼!?不要帶壞梨潔兒！」

西絲蒂娜怒不可遏地向迦伊爾大吼。

「梨潔兒，不可以做那種事情！」

魯米亞也拚命向梨潔兒喊話。

「……魯米亞？西絲蒂娜？妳們不是回家了嗎？」

梨潔兒愣住了。

「妳們兩個想幹嘛……？」

「你是迦伊爾同學對吧？不好意思，梨潔兒才不會跟你們這票狐群狗黨勾結！我們要把她帶走！」

「迦伊爾同學，拜託你不要和人打架！你應該是本性善良的人才對呀！」

看到兩人怒氣沖沖的模樣，成員們不禁勃然變色，開始騷動了起來。

「啊啊……？」

迦伊爾像是要挫挫西絲蒂娜的銳氣，狠狠地瞪著她。

（嗚，不妙……這個叫迦伊爾的人……不是簡單人物……!?）

在葛倫日復一日的鍛鍊下，西絲蒂娜培養出可以估算對手力量的敏銳度，現在的她汗如雨下。

雖然迦伊爾似乎沒有受過正統的戰鬥訓練，不過他把劍扛在肩上的架式沒有絲毫破綻。雖然還不知道他有幾分魔術實力，不過看起來不像是輕鬆就能擊敗的對手。

「是嗎……原來妳們就是之前聽說的矮冬瓜的朋友嗎……喂。」

迦伊爾抬起下巴示意。

不良少年們立刻迅速地包圍住西絲蒂娜和魯米亞。

「西絲蒂……!?」

「……糟糕……這些人的身手比我想像中的還要敏捷……!?」

眼看狀況變得更為不利，西絲蒂娜和魯米亞全身緊繃。

「好吧……雖然我也不太想找老百姓幫忙……不過妳們這兩個臭女人就跟我們來吧……」

在嘲笑心生動搖的西絲蒂娜和魯米亞般，把劍扛在肩膀上的迦伊爾，恫嚇似地說道。

——那裡簡直形同戰場。

在彷彿迷宮般，散布在菲傑德地底下的下水道內。

整個都市的汙穢與不潔，都淤積在這個地方。這裡有如一種人為結界，不僅會使瑪那平衡失調，也儼然成為魔獸與狂靈等怪物猖獗的魔境。

在環境如此險惡的場所中——

「上啊，臭小子們！殺光這些侵占我們城市的垃圾！」

「「「喔喔喔喔喔喔——！」」」

不良少年們在迦伊爾的帶頭衝鋒下，像踢館一樣殺進了一旁有下水道的地下通道。

『呀啊啊啊啊啊——！』

巨大老鼠與巨大蜈蚣、狂靈、在空中游泳的怪魚等……各種千奇百怪的異形魔獸，阻擋他們的去路。

不良少年們手持附魔了魔力的武器，也有一些人會使用初級的攻擊咒文，他們發揮絕佳的默契，在狹小的空間中不斷掃蕩魔獸。

看來這些人似乎對實戰都有一定熟悉程度。他們所展現出的戰鬥能力，和帝國一般兵的菜鳥相比毫不遜色。

「喔啦啊啊啊啊啊啊啊──！」

在這群不良少年裡，迦伊爾的戰鬥力尤其突出。

雖然他使用的劍術是自我流派，可是經由與眾多魔獸的實戰，已經鍛鍊得爐火純青。戰鬥的敏銳度十分出眾。

迦伊爾以蠻力揮舞右手的長劍，不斷強行斬殺魔獸的同時──

「呿──《強大的風啊》！」

他也不忘在緊要關頭用左手發動魔術，支援其他夥伴。

魔術所掀起的強風，把魔獸們吹往通道深處，原本被壓著打的夥伴們，也因此獲得了喘息空間。

「謝、謝謝！幫大忙了，迦伊爾大哥！」

「拜託爭氣一點。學學那個矮冬瓜吧。」

迦伊爾鬱鬱寡歡地抬起下巴，在他示意的方向──

「咿咿咿咿呀啊啊啊啊──！」

只見梨潔兒如肆虐的暴風般大殺特殺，開啟了無雙模式。

即使在這狹隘的空間裡，梨潔兒照樣暢行無阻地在牆壁和天花板跳來跳去，行雲流水地施展出剛速劍亂舞。出現在她眼前的魔獸，都難逃粉身碎骨的命運。那畫面與其說是戰鬥，不如說是單方面虐殺。

「呃，不可能變得像她一樣吧……」

「少囉嗦了，這一帶掃蕩乾淨了，往下一區移動！」

「「「噢！」」」

「……噢。」

把周遭的魔獸差不多都殺光了之後，迦伊爾等人接著往下一區移動。

魯米亞和西絲蒂娜呆若木雞地待在最後面，看不良少年奮勇殺敵，此時她們終於回神，和大步往前走的迦伊爾並肩而行。

「原來你們不是來打架的，而是來進行下水道的定期維護工程呀……」

「那個……抱歉，我們沒查證清楚，就誤會你們了……實在沒想到你們是在從事這種工作……」

下水道的定期維護工程。如果把下水道放著不管，魔獸就會源源不絕地湧入，逐漸進化變得更強，最後使下水道變成極度危險的地方。

所以必須在狀況惡化前，定期掃蕩每一區的魔獸，把下水道的危險度控制在一定程度。儘管少有人知，不過這是一份幫助都市機能維持正常的重要工作。

當然，一般都市都會配置專門進行這項工程的整備隊，可是像菲傑德這種大規模的都市，往往會碰上人手不足的問題，有時候便會公開招募工作人員。

迦伊爾率領的團體，就是自告奮勇擔任下水道維護工程人員的隊伍之一。

「不好意思，不由分說就帶妳們來這種地方。雷奇……他跟我一樣是落魄貴族，會使用法醫咒文，偏偏他今天缺席……為了預防萬一，我才會拉妳們來。妳們只要跟著我們行動就好。當然，我會負責保護妳們，完工後也會分酬勞。」

雖說出發點是為了隊伍，不過迦伊爾仍對自己逼迫西絲蒂娜和魯米亞同行的事感到內疚。他臉上仍維持不苟言笑的表情，卻有些尷尬似地轉頭看往其他地方。

「……啊？我這麼做才不是為了保護這座都市喔？」

對於魯米亞的提問，迦伊爾恐嚇似地以不屑的語氣回答。

「我們的團體裡，都是一群血氣方剛的傢伙……不是出身於窮得要死的勞工階級，就是無望繼承家業的貧窮貴族么子……大家都抱有強烈的鬱悶和自卑感。像妳們這種上流分子，大概無法體會那種心情吧。」

「總之，如果不讓這些傢伙定期大鬧一場釋放精力，他們馬上就會製造問題……簡單地說就是為了賺酒錢，順便宣洩心中的煩悶吧。」

「啊？矮冬瓜？她會加入我們，是因為她在其他團體跑來我們這團的地盤糾纏時，出手幫忙解圍……後面就順其自然了。」

「坦白說，有她在，我們輕鬆不少。那個矮冬瓜雖然笨，但她是我們最強的打手。只不過真的很笨。」

不久，又有成群的魔獸出現在通道前方，掃蕩工作開始了……

「喂，矮冬瓜！妳一個人衝到太前面了！就算妳再厲害，被包圍也很危險！妳是想受傷嗎!?快撤退！」

「嗯，我知道！我會突擊牠們——咿咿咿咿咿呀啊啊啊啊啊——！」

梨潔兒對迦伊爾的指揮置若罔聞，單槍匹馬地衝進魔獸群。

「那個白痴，根本什麼也不懂……呿，我去助陣！妳們兩個臭女人待在那裡別動喔!?」

迦伊爾大吃一驚，立刻跟上梨潔兒，斬殺掉試圖從背後偷襲她的魔獸。

「這就是所謂的……公認的不良分子偶爾做了一件好事，看起來就像變成大好人的法則。」

「啊、啊哈哈……」

西絲蒂娜和魯米亞不禁苦笑。

「我們也稍微幫個忙吧？」

「嗯。說的也是。」

兩人彼此頷首後，開始唱起援護的咒文。

就這樣。

在梨潔兒的活躍表現下，下水道的維護工程順利結束了。

向菲傑德市局報告掃蕩結果後，迦伊爾和夥伴們瓜分了領到的酬勞。

「拿去。這是妳的工資。」

「嗯。謝謝。」

迦伊爾把裝滿貨幣的沉甸甸袋子，交給梨潔兒。

「……三、四…………好多。」

梨潔兒打開袋子數錢，但還沒數到一半似乎就厭煩了。

「不過……有了這些錢應該就……」

看得出梨潔兒一副心滿意足。

「那個～迦伊爾同學？這樣好嗎？梨潔兒領的份好像特別多耶……？」

西絲蒂娜看了梨潔兒手中的金錢，畏畏縮縮地問道。

「啊？因為矮冬瓜幹掉最多魔獸啊。這樣的分配，我覺得很公平啊？」

「好、好吧……既然你這麼認為，我沒有意見……」

迦伊爾這男人莫名地耿直誠實。而且他也遵守了諾言，把酬勞分給西絲蒂娜和魯米亞，說不定意外地是個好人。

「呀喝！迦伊爾大哥！今晚我們不醉不歸！」

「嘖……真拿你們沒辦法，可別給一般老百姓添麻煩喔？」

今天的活動就此解散，集團正醞釀找個地方大喝一場的熱絡氣氛，這時……

「嗯。我接下來還有事……魯米亞妳們呢？」

「我們……差不多該回家了吧？」

「對啊……時間也不早了。」

「是嗎？路上小心。」

梨潔兒淡淡地說道後，轉身往街區更深處走去。

那個方向，當然不是梨潔兒所居住的帳篷所在地。

「梨潔兒……還不打算回家嗎？」

魯米亞擔心地目送梨潔兒的背影。

「再說……梨潔兒她今天一天就賺了不少錢吧？有那種賺錢能力，應該也能租個便宜的公寓……再怎麼樣，也不需要住在帳篷裡……」

西絲蒂娜感到不可思議。

「哼，錢嗎？」

這時，迦伊爾喃喃說道：

「……其實我聽到了奇怪的傳聞……雖然我不相信那個矮冬瓜會跟那種事扯上關係……」

「咦!?又有傳聞!?根本是無限輪迴，也太可怕了吧!?」

西絲蒂娜對這個一再重複又大同小異的展開感到頭痛，但她還是對迦伊爾的情報感到好奇。

「迦伊爾同學，請你告訴我！梨潔兒她……怎麼了!?」

迦伊爾皺起眉頭，躊躇了好一會兒……

「好吧，既然妳們是那個矮冬瓜的好朋友，告訴妳們應該沒關係……」

最後，他才吞吞吐吐地交代了傳聞。

梨潔兒一個人站在冷清又極其偏僻的暗巷。

不久後，有個可疑男子慢慢接近了梨潔兒。

「錢呢？」

男子以簡短兩個字詢問梨潔兒。

梨潔兒默默拿出裝滿袋子的錢。袋子裡面裝的，不單只是今天賺的錢，恐怕是存了好幾天的大筆金額。

「……數字沒錯。」

迅速計算完金額的男子，輕輕點了個頭，從懷裡掏出某個小盒子，放在梨潔兒掌心上。

「……謝謝光臨。」

做完交易後，男子如影子般，再次消失在暗巷深處。

留在原地的梨潔兒，打開小盒子的盒蓋。盒子裡是裝有詭異顏色液體的小瓶子，以及注射器……

「……終於買到了……呵呵……」

梨潔兒瞇起眼睛，臉上罕見地浮現一抹有些詭譎的笑容……

就在這時……

「「梨潔兒！」」

聽到那聲大叫，梨潔兒不禁渾身僵硬。

定睛一瞧，有兩道人影出現在暗巷入口。

「我都看到了……沒想到那個傳聞居然是真的……!?」

「梨潔兒……妳怎麼會……」

那兩道人影正是西絲蒂娜和魯米亞。

一個難掩憤怒、一個面帶哀傷地注視著梨潔兒。

「……魯米亞？西絲蒂娜？妳們還沒回家嗎？」

梨潔兒愣住了。

「妳們今天怎麼怪怪的？」

「不用管我們啦！問題是妳、是妳！」

「我多麼希望梨潔兒『使用違禁藥物』的傳聞……不是真的……！」

西絲蒂娜和魯米亞圍住眼睛眨個不停的梨潔兒。

「不可以，梨潔兒！不能依賴那種藥物！也許妳有很多不為人知的痛苦……可是那種東西會毀了妳的人生！」

「妳要更珍惜自己呀！放心……沒關係的……！妳有我們……妳還有我們在……！」

西絲蒂娜和魯米亞眼眶泛紅，用力抱緊梨潔兒，拚命規勸她。

「……嗚……對不起……西絲蒂娜……魯米亞……」

或許是感染了兩人的情緒，梨潔兒也慢慢溼了眼眶。

「我不知道……這是那麼不好的藥……真的……對不起……嗚嗚……嗚嗚……」

「梨潔兒……妳真的知道自己錯了嗎……？太好了……！」

「嗯……我……不會再用這種藥了……這種……」

梨潔兒用手背擦掉眼淚說道：

「……這種……感冒藥……」

「…………咦？」

聽到意外的名詞，西絲蒂娜和魯米亞忍不住查看梨潔兒手上的小盒子。

定睛一看，只見那個小盒子上印有她們認得的製藥公司商標。

「感冒……？」

「……藥……？」

兩人一臉呆滯，盯著那個小盒子看了好一段時間……

半晌，梨潔兒困擾似地蹙起眉頭，說道：

「可是，怎麼辦……少了這種藥……就無法幫助那對兄妹了……」

「兄……？」

「……妹……？」

聽到梨潔兒脫口說出的不明字眼，西絲蒂娜和魯米亞不可思議地面面相覷。

……

「咳……如果不是梨潔兒小姐，不知道我們兄妹現在會怎麼樣……」

「幸好有梨潔兒大姊姊的幫助，哥哥的身體已經好很多了！」

那間公寓就在席貝爾家附近。

梨潔兒帶西絲蒂娜跟魯米亞進入那間公寓的其中一間房間，有一對兄妹迎接著三人。他們分別是年齡和西絲蒂娜差不多的少年，以及小了哥哥好幾歲的少女。

「你是亞魯特學長對吧？上個月從魔術學院退學的……」

「啊哈哈，妳還記得我啊，西絲蒂娜。明明我們只有在俱樂部預算決定委員會上，簡單交談過幾句而已……」

從床上坐直身體的少年……亞魯特羞赧地說道。

他的臉色蒼白，似乎臥病在床好一陣子了。

「我們兄妹是落魄貴族的末裔……父親希望我們將來不必吃苦，每個月拚命湊出微薄的薪水，供我上魔術學院讀書……可是長年的負荷讓父親累垮了，他在上個月突然逝世……而我為了扶養妹妹，只好退學想找份工作。可是……」

亞魯特摸著妹妹的頭，侃侃而談。

「倒楣事接連不斷，剛好就在這個時候，我得了凶猛的病毒性感冒……必須服用難以取得的高價藥品才能療癒……我身上當然沒有那麼多錢，之前住的地方也因為付不出房租，而被房東趕了出去，又沒有其他可以投靠的親人……就在我們兄妹窩在路邊，走投無路時，向我們伸出援手的人，正是梨潔兒小姐。」

西絲蒂娜和魯米亞一臉驚愕地望向梨潔兒。

「梨潔兒大姊姊把我們帶到她的住處，把房間讓給我們住！而且還送了好幾次藥給我們！所以哥哥才慢慢恢復健康了！」

「原來是這樣……」

西絲蒂娜無意間從窗口看到席貝爾家的屋子。

這裡似乎原本是梨潔兒生活的房間。從地理位置看來，一旦有什麼狀況發生，憑梨潔兒的身體能力，不用一分鐘，就能從窗戶離開沿著屋頂移動，趕到席貝爾家的屋子。以魯米亞的護衛的秘密基地而言，這裡確實擁有優秀的立地條件。

現在，西絲蒂娜她們終於明白整起事件的輪廓了。

「梨潔兒……妳為了幫助他們，才讓自己過著那樣的生活、拚命賺錢……可是那種賺錢手段，也引發了奇怪的流言蜚語……」

梨潔兒還不懂世事。她只顧以自己的方式設法努力幫助這對兄妹，卻沒想到自己的行動會造成什麼樣的社會觀感。

不過，有個不可思議的問題。

為什麼梨潔兒會與這對兄妹接觸？為什麼她會想要幫助他們呢？

一開始西絲蒂娜覺得很疑惑……不過她馬上就想到了答案。

「莉雅。哥哥馬上就可以恢復健康了。然後我要開始努力工作，設法供妳上魔術學院讀書，至少讓妳將來能出人頭地……我會加油的。」

「嗯，謝謝你，哥哥！可是你千萬不要逞強！莉雅也會去工作的！莉雅什麼也不要，只要有哥哥在……只要哥哥身體健康就心滿意足了！」

妹妹纏著躺在床上的哥哥撒嬌。

這對兄妹的感情，好到旁人一眼就能看出來。即使日子過得困苦，這對兄妹還是能真心地相互扶持吧。

「…………………………」

梨潔兒目不轉睛地注視著他們。

平常總是一副睡眠不足、面無表情的臉，此時卻罕見地明確露出夾雜各種感情的複雜表情。

有懷念、有悲愁、有欣喜、有羨慕……而且看起來就要哭出來了。

「……梨潔兒，妳……」

梨潔兒的腦海中，埋藏著關於某對兄妹的朦朧記憶。雖然現在的梨潔兒已經建立起新的羈絆，展開了新的人生……可是在不久之前，那個哥哥仍形同梨潔兒的一切。可說是自己影子的——那名妹妹的記憶。那是如今已遭到粉碎，只能緬懷的幻想。

或許梨潔兒是把某人的身影……投射在這對兄妹身上了吧。

「欸……這是為什麼呢？魯米亞……西絲蒂娜……幫助了他們……我明明很開心……可是……」

梨潔兒用手背擦拭眼睛。

每天吵吵嚷嚷的校園生活，讓人很容易忽略一件事……其實梨潔兒還是個才剛帶著新的決意，要展開新人生的新鮮人。

要她完全放下一切，並不是那麼簡單。

「……不要哭，梨潔兒……妳還有我們……還有葛倫老師在啊……」

魯米亞從後面溫柔地擁抱梨潔兒，西絲蒂娜則是輕輕地摸了摸她的頭。

後來，西絲蒂娜等人和亞魯特討論起他今後的生活。

雖然亞魯特已經從學院退學，所幸他在校期間成績優秀，已經取得了第三階級的魔術位階。

換言之，只要認真找，他一定找得到還不錯的工作。

西絲蒂娜會找機會和身為魔導官員的父親雷納多商量，希望透過父親的管道，為亞魯特介紹工作。另外，妹妹莉雅為了減輕哥哥的負擔，決定一邊尋找自己能力範圍內的打工，一邊努力讀書，以便在進入魔術學院就讀時能獲取獎學金。西絲蒂娜她們也會在閒暇之餘指導莉雅。

在梨潔兒的堅持下，亞魯特兄妹將繼續留在這間公寓的房間生活。未來一年的房租已經先付清了，所以兩人有充足的時間，讓生活重回正軌。

「真的……謝謝妳們幫了這麼多忙……這份恩情，我們會銘記在心。」

「有困難時，本來就要互相幫忙嘛，學長。而且……要道謝的話，你應該向梨潔兒道謝。」

「說的也是，感激不盡，梨潔兒小姐。」

「嗯！謝謝妳，梨潔兒大姊姊！」

「嗯。莉雅妳也要好好照顧哥哥。」

於是——

過完了戲劇化的一天，西絲蒂娜、魯米亞、梨潔兒終於踏上歸途。

三人抵達席貝爾家的大門口時，已經是三更半夜了。

「嗯。明天見。」

然後，梨潔兒轉身背對兩人離去。她似乎打算回去那頂帳篷。

西絲蒂娜和魯米亞相視而笑後，繞到走得慢吞吞的梨潔兒面前，故意擋住她的去路。

「梨潔兒。」

「……什麼事？」

「我沒有想要炫耀的意思，不過我家算是滿大的豪宅……所以有不少空房。」

「……？」

西絲蒂娜向一臉納悶的梨潔兒盈盈一笑。

「所以……妳要不要來我家住？一起生活好嗎？」

「!?」

聽了西絲蒂娜的提議，梨潔兒訝異地猛眨眼……

「……可以嗎？」

「應該說，梨潔兒妳不是魯米亞的護衛嗎？妳來我家住，才是最好的安排……為什麼之前都沒想到呀……？」

「呵呵，義父一定會很開心又多了一個女兒的。」

「我可以想像得到他太過得意忘形，結果被媽媽勒昏的畫面了。」

「…………………」

梨潔兒先是不發一語，注視著兩人；過了半晌，她輕聲開口道謝：

「……嗯。謝謝。」

就這樣，梨潔兒被西絲蒂娜和魯米亞牽著手，走進了席貝爾家的豪宅。

儘管她的嘴角掛著一抹顯而易見的微笑……

可是，西絲蒂娜和魯米亞已經開始想像，勢必會愈來愈有趣的日後生活，完全沒有注意到她的笑容。

興風作浪的幼天使

A storm by the pretty angel

Memory records of bastard
magic instructor

某天放學後。

「今天晚餐想吃什麼？」

「啊……抱歉，瑟莉卡。今天我不回家了。」

葛倫一臉歉然，搔著頭向瑟莉卡說道。

「……又來了？這陣子……你也太常不回家了吧？」

「這也不能怪我啊。還得準備明天的魔術實驗課……前置作業就得耗上一整晚……」

瑟莉卡語帶不滿地嘆氣，葛倫向她如此埋怨。

「唉，我也不想搞得這麼累……可是白貓那傢伙很囉唆，不好好準備不行……啊～我真是疼愛學生的好老師呢～」（語調平板）

「好。那就沒辦法了。今天我就破例幫你……」

瑟莉卡一臉喜悅，話正說到一半，這時……

「老師！你在這裡做什麼!?」

西絲蒂娜、魯米亞、梨潔兒……這三個總是形影不離的少女，衝到了葛倫面前。

「你現在怎麼可以離開實驗室摸魚!?老師你今天的努力程度，將關係到明天的魔術實驗！你真的瞭解嚴重性嗎!?姑、姑且不提我，班上其他同學可是對老師抱有很大的期待呢！拜託你認真一點！」

「呵呵，雖然今晚會很辛苦，可是老師一定要加油喔？今天我們三個也會留在學院協助老師的。」

「嗯。我會幫你……雖然我也不是很清楚。」

被吵吵嚷嚷的三名少女簇擁，葛倫不禁破顏微笑。

「噢噢噢，謝啦。不過，妳們怎麼會突然想幫忙……是什麼風把妳們吹來的？」

「啊哈哈，這個嘛……是因為西絲蒂說『老師好像很辛苦，我們來幫忙他好了』，所以才……」

「等一下！魯、魯米亞！不是說好不可以講出來的嗎!?」

「西絲蒂娜臉好紅。感冒了嗎？」

「才、才不是！討厭！」

「……真是的，有句話說三個女人湊在一起就會怎樣的，果然一點也沒錯……」

於是，葛倫在三名少女的圍繞下，轉身背對瑟莉卡邁步離開。

「…………」

瑟莉卡默默地目送那樣的葛倫離去。

然後……

隔天——

天色未亮，外面瀰漫著濛濛的朝霧，阿爾扎諾帝國魔術學院迎接了清晨。

熬夜工作的葛倫，躺在學院值勤室的床上小睡片刻。

「……嗄……好累……睏死了……真痛苦……現在幾點了啊……？」

突然醒來的葛倫，頂著剛睡醒時特有的朦朧意識，伸手拿起放在枕頭邊的懷錶查看時間。

「……還可以再睡一下子……」

葛倫把懷錶隨手一丟，後腦勺「碰」的一聲又倒回枕頭上。

菲傑德的早晨氣溫有些寒冷。

葛倫摟住毯子，打算繼續睡回籠覺，然而……

軟綿綿。

毛毯的觸感有點怪怪的。

摸起來滑嫩的有如高級絲綢，雖然表面柔軟得讓人有種想把臉埋進去的衝動，內部卻充滿飽滿紮實的彈性，更重要的是，它還像熱水袋一樣暖烘烘的……簡單來說就是，抱起來非常舒服。

這明顯不可能是值勤室公用毯子的觸感……不過葛倫沒有多想，抱緊了那條毛毯。

半晌，葛倫發現他緊摟住的毛毯，不斷「嘶～嘶～」地發出輕微的呼吸聲，這時……

原本半夢半醒、腦袋昏沉的葛倫，瞬間清醒了。

「等一下，這是什麼!?」

葛倫猛然坐直身體，看了自己身旁一眼……

躺在他身旁的物體是一名少女。年紀恐怕只有十歲，甚至是十歲以下……與其說是少女，不如說是女童或幼女比較貼切。

白皙的肌膚像絲綢般細緻。如羽毛般柔軟的金髮，披散在少女躺臥的位置，形成一條美麗的河川。與年紀相符的嬌小身材及纖細肢體線條平坦，但那彷彿體現了純潔的清純氣質，甚至會讓人懷抱神聖不可侵犯的敬畏心理。

少女那張天真無邪的臉，十分端正可愛、清新脫俗，未來想必會長成傾國傾城的絕世美女。

如天使般的美幼女就穿著連身睡衣，縮起身子，躺在葛倫身旁，發出熟睡的鼻息聲。

「……Who are you?」

葛倫忍不住整個人都僵住了。

或許是感受到葛倫的視線，不久後幼女微微睜開眼皮。她揉著鮮紅如紅寶石般的眼睛，睡眼惺忪地坐起身……

半晌，她和葛倫對上視線，笑盈盈地開口說道：

「嘿嘿嘿……早安，爸比。」

「誰是妳爸比啊啊啊啊啊啊啊啊啊啊啊啊啊啊啊啊啊啊啊啊啊啊——!?」

葛倫那彷彿快斷魂的尖叫聲，迴盪在清晨的學院。

「咦!?妳到底是誰!?太恐怖了!?咦!?到底是什麼情況!?嚇死人了！」

「啊哈哈，爸比好奇怪。對了，爸比……來個早安吻嘛～？」

謎之幼女閉上眼睛，噘起嘴巴逼近葛倫。

「咿咿咿咿咿咿咿咿——!?不、不要靠過來——!?」

就在葛倫陷入了極端的恐懼與混亂時……

「真是的！一大清早吵什麼吵啊！」

值勤室的房門「喀嚓！」一聲打開。

出現在門外的是西絲蒂娜、魯米亞、梨潔兒。

「早安，老師。我們做了早餐，想要慰勞老師昨晚的辛苦，不嫌棄的話……」

魯米亞捧著裝滿了三明治的籃子，說著說著音量愈來愈小。

不久……現場一片沉默。

躺在床上的葛倫與謎之幼女。

茫然地望著那一幕的三名少女。

「欸欸，怎麼了，爸比？那三個漂亮的大姊姊是誰呀？啊～我知道了！是爸比的外遇對象！嘻嘻，我要打小報告，我要跟媽咪打小報告♪」

謎之幼女只是單純地嚷嚷著。

「…………這是？」

目睹了做夢也想不到的畫面，因此震驚到思考迴路完全凍結的西絲蒂娜，此時終於開始拚命動腦，以合理又符合常識的邏輯進行推理。

①稱呼葛倫為爸比，來歷不明的幼女。

②從她的說詞判斷，似乎還有媽咪。

③金髮、眼珠的顏色、美貌……彷彿跟瑟莉卡是同一個模子刻出來的。

綜合以上三點，任何人恐怕都會做出同樣的結論，那就是……

「不、不、不會吧!?她是老師的小孩!?老師和阿爾佛聶亞教授的愛情結晶嗎!?啊哇哇哇哇哇哇哇哇哇，你們是在什麼時候——!?」

「不關我的事！我一點印象也沒有——！」

「啊哈哈，西絲蒂，冷靜一點吧？喏？聽說小孩子好像都是東方白鸛送來的……」

「妳才要冷靜一點啦，魯米亞！妳說話的對象不是我，是梨潔兒喔!?」

西絲蒂娜把看似冷靜沉著，腦袋卻一團混亂的魯米亞丟在一旁，直接槓上葛倫。

「有、有夠差勁的！我之前就在擔心，成年男女如果一直住在同個屋簷下，搞不好哪天就會擦槍走火，結果還真的被我猜中了！所以我才勸老師差不多可以搬出來自己住了，反正我可以偶爾去幫忙做飯啊！」

「……咦？原來西絲蒂妳跟老師說過這種話？」

「等一下，果然被妳猜中了是什麼意思？妳把我當成什麼了!?我可以哭嗎!?」

「雖然你們沒有血緣關係，可是你居然跟形同母親的人發生那種——真教人不敢置信！」

「我就說了！不關我的事！我一點印象都沒有！我完全不記得自己什麼時候生了這種小鬼！」

「老師，你這樣說人家，她也太可憐了……好歹要認她是自己的女兒啊……這也是為了她的將來……」

「連魯米亞妳也!?可惡，神是死了嗎！」

無視吵吵鬧鬧的三人。

「……好可愛。」

梨潔兒坐在謎之少女身旁，不停輕輕地撫摸她的頭。

「啊哈哈哈哈哈哈哈！你們真的好有趣啊！」

謎之美幼女的大笑聲，響徹了清晨沒什麼客人的餐廳。

雖然她的尖銳嗓音就跟小女孩一樣稚嫩，可是語調和舉手投足，就和看盡世間冷暖的成熟女性如出一轍。

「唉……真是的，妳到底在打什麼主意？……瑟莉卡。」

葛倫嚼著西絲蒂娜她們準備的慰勞品三明治，不爽似地瞥了坐在他左邊的謎之美幼女一眼。

「我剛才不是解釋過好幾次了嗎？我服用了以新理論調製成的變身藥，嘗試發動改變整個身體構造的變身術，結果失敗了，現在無法恢復原狀。」

美幼女……瑟莉卡「嘿嘿嘿☆」地吐出舌頭，並且用手拍了一下自己的頭。

「白癡嗎？妳這個騙子。妳怎麼可能在白魔【變形術】這種程度的魔術上犯低級錯誤？絕對是故意的吧？」

「所以呢，現在的我是外表看似小孩，精神卻是成熟大人的魔法幼女蘿莉卡！就是這樣。」

瑟莉卡完全無視葛倫的質疑，挺起平坦的胸部，得意洋洋地擺出招牌動作。

「啊、啊哈哈……原來是阿爾佛聶亞教授的惡作劇呀。」

「真是的，教授還是一樣喜歡嚇人呢……」

坐在葛倫對面的魯米亞和西絲蒂娜，也如釋重負似地鬆了口氣。

「話說回來……」

西絲蒂娜不動聲色瞧了瑟莉卡一眼。她凝視著那瘦小身體的某一部分。本來是高聳山岳地帶的地方，如今變成了平原。

「……贏了。」

「西絲蒂……我想，那是自欺欺人的勝利啊……」

魯米亞向感動地握起拳頭的西絲蒂娜苦笑。

「不過，瑟莉卡，妳要怎麼辦？要一直維持小孩的模樣嗎？」

端坐在瑟莉卡左側的梨潔兒，一邊輕摸瑟莉卡的頭，一邊問道。

梨潔兒似乎很喜歡幼兒化的瑟莉卡。或許是因為這帶給她好像有了妹妹的感覺吧。

「關於這個問題……你們今天要在法醫咒文的魔術實驗課上，練習解毒儀式吧？」

「是啊。所以我整晚都在調製解毒的觸媒。」

「你們就拿我當施術對象，把我變回原狀吧，葛倫。」

「啊啊？妳自己就有辦法解毒了吧？快點自己變回來……」

「因為身體變成小孩子的關係，我的魔力容量也跟著心靈一起變小了……靠我自己應該無法解決了，嗯。」

「……妳是白痴嗎？」

葛倫苦著一張臉，瞄了瑟莉卡一眼。

不過，這是大賺一筆的大好機會。

「哎，真拿妳沒辦法。好吧，瑟莉卡。付一百里爾，我就答應幫妳進行解毒儀式。」

葛倫露出奸商的笑容，如此說道。

「一、一百里爾!?對方的地位等同於你的師父和母親耶，你居然好意思獅子大開口!?」

西絲蒂娜「碰」的一聲站起來後，劈頭對葛倫大罵。

一百枚里爾金幣。這個數字相當於一般魔術講師四個月的薪水。

「妳在說什麼啊，白貓？這可是向職業魔術師正式提出魔術儀式的『委託』耶？我開這價碼，根本是破壞市場行情喔？」

「話、話雖如此……可是……！」

看到葛倫依舊那麼不正經，西絲蒂娜忍不住又快發飆了……

「嗯，可以啊。那就拜託你了。」

然而，瑟莉卡卻豪邁地答應了。

「契約成立囉？」

幼女瑟莉卡笑咪咪地堆起滿臉笑容。

「……咦？……真的可以嗎？」

葛倫沒想到瑟莉卡會答應得如此乾脆，頓時傻住。

「嗯，就照你開的價碼吧。反正這本來就是我自作自受，也只能認了。不管是一百還是兩百，我都願意付。」

見瑟莉卡出手如此豪爽，葛倫的反應先是目瞪口呆……

（太爽了————！果然機會是要自己爭取的————！）

不過他旋即在心中擺出勝利姿勢慶賀。

（因為是在課堂上進行，所以解毒儀式所使用的觸媒、道具和藥品全部都是學院準備的！免費！也就是說，我不用付任何成本，就能淨賺一百里爾——!?）

一百里爾。對於經常做出傻事而頻頻被扣薪，日子過得很拮据的葛倫而言，這是一筆從天上掉下來、令他口水直流的意外收入。

「我完全看得出來老師心裡在想什麼呢……」

「啊哈哈……」

葛倫把心裡想的全寫在臉上，西絲蒂娜傻眼地嘆氣，魯米亞則是面露苦笑。

「……好可愛。」

梨潔兒彷彿事不關己般，一直摸著瑟莉卡的頭。

「哈哈哈！好！葛倫・雷達斯大老師大人今天大方請妳們吃午餐！要心懷感激啊！」

當葛倫大喜若狂，得意忘形的時候……

「……換句話說，在接受你的解毒儀式前，我將繼續維持這副模樣……總之，有勞你多多關照了，葛倫……在各個方面上。」

瑟莉卡臉上帶著微笑，意有所指地說道。

「噢、噢……？」

事到如今，葛倫才驚覺到，自己似乎不小心誤踩了某種可怕的陷阱。

而這股不祥的預感也確實成真了。

第一堂課的時間正一分一秒地逼近。

神采奕奕的學生們陸續登校，讓校園的氣氛愈來愈活絡。

課堂開始前的空檔，有的學生往教室移動，有的則在走廊談天說笑。

在這樣的氣氛中，有兩個人吸引了眾人的目光。

「…………」

那就是一臉不爽地在走廊上邁著大步的葛倫，以及……

「～～♪」

喜孜孜地牽著葛倫的手，一路跟著他走的美幼女瑟莉卡……不知為何，她換上了學院的女生制服（而且尺寸完全合身）。

「喂、喂……那個小女孩是……？」

「嗯，不管怎麼看……她應該是葛倫老師和阿爾佛聶亞教授的……私生女……」

周遭一陣竊竊私語……

學生們遠遠地觀望著葛倫和瑟莉卡，皺著眉頭議論紛紛。

像在為這樣的狀況火上澆油般——

「欸，爸比！今天要上什麼課？蘿莉卡好期待喔！」

「不要再叫我爸比了————!?」

就在瑟莉卡天真無邪地叫了一聲爸比後，眾人同時投射出更為犀利的視線貫穿葛倫。

——十分鐘前。

「這、這、這是什麼意思啊學院長————!?」

不知何故，幼女瑟莉卡獲得學院的特別安排，以『蘿莉卡』的名義成為學生，而且葛倫必須負起照顧的責任。

葛倫收到突然來自校方的指示後，理所當然地衝到了學院長室抗議。

「什麼意思？就是字面上的意思……我只是遵照瑟莉卡的提案，讓你跟她的女兒蘿莉卡入學就讀而已……你看，連正式的手續都辦妥了。」

學院長把各種雜七雜八的文件，排在葛倫面前。

雖然表面工夫做得完美無缺，問題是上面寫的內容，一看就知道都是偽造的假資料。『蘿莉卡』在戶籍上是葛倫和瑟莉卡的親生女兒，這點尤其讓人感受到滿滿的惡意。

「不過，真想不到你和瑟莉卡原來是夫妻……就連我里克這洞察力敏銳的眼睛，也沒看出來哪。」

「你根本是有眼無珠！」

碰！

葛倫猛力拍打學院長的辦公桌。

「這些明顯是偽造文書吧⁉只要去公署問一聲不就知道了嗎⁉為什麼這種瞎掰的文件可以通過審核啊⁉學院的審查委員會到底在幹什麼⁉學院長也一樣，你在蓋章前都不覺得有哪裡怪怪的嗎————⁉」

葛倫提出的質疑不無道理，然而……

「……葛倫。我想告訴你一件事……」

里克學院長突然露出誠懇的表情，直勾勾地注視著葛倫。

「學、學院長……？」

靜謐的氣氛，使葛倫不禁端正了姿勢。

緊接著……

「……幼女（蘿莉）可是人間至寶喔？」

學院長板著嚴肅的表情，光明磊落地說道。

可是定睛一瞧，與其充滿紳士氣質的表情相反，他的呼吸有些急促……還露出了心蕩神馳的眼神。

「學院長——!?你根本是被魅惑魔術控制了嘛——!?可惡，那個臭女人啊啊啊啊啊啊啊啊啊啊——!?」

「妳有必要做到這種程度嗎!?又是偽造文書，又是動用賄賂、催眠魔術、魅惑魔術、認知操作魔術，不惜花招百出，只為了強迫所有學院關係人士照妳的意思行事……一般會做到這種地步嗎!?」

葛倫淚眼汪汪地向笑咪咪的幼女瑟莉卡——『蘿莉卡』抗議。

目前已經沒有人可以在技術上，阻止蘿莉卡以學生的身分在校園活動了。整個學院都在蘿莉卡的掌控之下。

「咦～？蘿莉卡聽不懂那麼複雜的事情啦～？」

蘿莉卡像個小孩子一樣歪頭裝傻。

沒錯。蘿莉卡似乎打定主意一直維持這個形象。考慮到她的真面目是成年人瑟莉卡，照理說這種舉動會讓人覺得退避三舍，然而……

（可惡……我居然覺得有點可愛，真想殺死我自己……！）

人從外界獲得的情報裡面，視覺就占了八成以上。外表補正是何等偉大。

「喂，妳給我適可而止一點……」

為了轉移心中那股無處可發洩的怨氣，葛倫提起蘿莉卡的胸前上衣試圖恐嚇她，這時——

「欸欸，快看。那個。」

「我看到了，那個很明顯是家暴吧，家暴。」

「居然虐待那麼可愛的小孩……超差勁。」

「小孩子無法挑選自己的父母，果然是真的……好可憐喔……」

周遭一陣竊竊私語……

學生們遠遠地觀望著葛倫和瑟莉卡，皺著眉頭議論紛紛。

見葛倫礙於旁人眼光，不自覺罷手，蘿莉卡露出了預謀犯案般的邪惡微笑……

「那個……親愛的師父大人。可以拜託您馬上接受解毒儀式嗎？我願意免費服務……」

葛倫甚至改口向蘿莉卡使用敬語。

「不可以喔，爸比。解毒必須在課堂上進行吧？不遵守約定的話，媽咪可是會生氣的喔？你大概會被罰不准吃飯吧？」

「啊，嗯……說的也是。既然做了約定，就一定要好好遵守呢……」

今天的法醫咒文實驗課排在第五堂課……也就是最後一堂課。

「……我的胃好痛……」

可以想見今天將會是非常漫長的一天，還沒開始上課，葛倫就已經快爆炸了。

別人的嘴是堵不上的。

當葛倫帶著蘿莉卡走進教室，準備上第一堂課的瞬間。

「「「喂喂喂，老師和阿爾佛聶亞教授偷生了小孩的事，居然是真的——！」」」

早已聽說傳聞的學生們，一舉湧向兩人。

「「「呀啊啊啊——！妳就是蘿莉卡嗎!?呀～～！」」」

「「「嗚喔喔喔喔喔——！也長得太可愛了吧!?真的不是蓋的——！」」」

也因為外表長得惹人憐愛，蘿莉卡立刻成了學生們矚目的對象。

另一方面——

「老師，你太讓人失望了！枉費我們相信你是我們的同志！」

「啊啊！男人會愛慕自己的母親和姊姊，並想要呵護她們，是人之常情！」

「可是你居然真的實際付諸行動……即使有戀母情結，這樣也太卑鄙了！不可原諒！」

「誰有戀母情結啊!?」

葛倫成為某些有特殊性癖的男學生的攻擊目標。

「所以說！事情不是你們想的那樣！聽好了，你們都被她的外表給騙了！這個裝模作樣的小鬼的真面目是──是──」

葛倫拚命想為自己辯護，可是講到重點部分，卻發不出聲音。只是毫無意義地不斷張動嘴巴。

「……？真面目是什麼啊？老師。」

（我……我被制約了!?）

所謂的制約就是限制行動的魔術。介入目標的精神，從而徹底封鎖特定的行動，性質就類似詛咒。

現在的葛倫被強加上了『無法揭露蘿莉卡的真面目』的制約。

（這女人是在什麼時候……!?）

葛倫臉頰抽搐，瞪了蘿莉卡一眼，只見她臉上正掛著如傾國大惡女般的邪惡笑容。

（其實只要稍微想一下，就知道以我的年齡，怎麼可能會有這麼大的小孩吧……！）

恐怕瑟莉卡也使用了催眠魔術吧。所以學生們才完全沒有發現這個最根本的矛盾。

（瑟莉卡這傢伙，到底想做什麼啦!?該死的！）

「大家好～我是蘿莉卡！今天起請大家多多指教喔♪」

無視內心充滿苦悶的葛倫，蘿莉卡擺出賣弄可愛的舉止和笑容向旁人放電。

「蘿莉卡……不愧是阿爾佛聶亞教授的女兒呢……將來肯定是超級大美女……」

「對啊，真的好可愛……以後我也想要生像她這樣的女兒……」

不只女學生們紛紛露出了陶醉的神情……

「不、不妙……蘿莉卡真的超可愛……」

「啊啊……是天使……」

「我……我本來喜歡年紀比我大的，可是……」

「蘿、蘿莉卡小妹妹……哈啊哈啊……」

「等、等一下，魯耶爾！快點回來啊！你的心情我不是無法明白，可是身為一個人，你對那麼小的女孩痴迷到那種地步，這樣真的對嗎!?」

「我看我這輩子乾脆就當蘿莉控算了……？」

「魯耶爾────!?」

男學生們也因為才剛萌發的感情與心境，陷入天人交戰。
整個班級都成了宛如天使（內在是惡魔）般清純可愛的蘿莉卡的俘虜。
「情況比想像中還要慘烈……」
看到其他同學的反應，在教室一角的西絲蒂娜忍不住抱頭。
「啊、啊哈哈……我們也在不知不覺間被加上制約，沒辦法說出事實了……」
瑟莉卡滴水不漏地防堵了所有知情者的嘴巴，魯米亞也只能苦笑。
「唉……看來這個狀況是那個人刻意設計出來的……她到底打算做什麼呢……？」
西絲蒂娜完全猜不透瑟莉卡為何這麼做的意圖，感到納悶不已。
「……嗯，果然好可愛。」
另一方面，看似沒睡飽的梨潔兒，一臉面無表情，依然不停輕撫著蘿莉卡的頭……

就在這個時候——
「你們這些傢伙到底在吵什麼啊啊啊啊啊啊啊啊啊啊啊——!?」
教室的門突然「碰！」一聲被用力打開，某個男人怒不可遏地朝著教室放聲咆哮。他就是學院的魔術講師哈雷。
「上課時間已經開始多久了！還不快回座！」

見哈雷登場，原本圍繞著蘿莉卡的學生們一哄而散，陸續回到自己的座位。

「葛倫・雷達斯……你連一個班級的學生都管不好，看來你果然沒資格在這所學院任教……」

正當哈雷一如既往準備向葛倫開砲時……

「……？」

他看到忐忑不安（裝出來的）、牢牢抓著葛倫腰部的蘿莉卡，不禁皺起眉頭。

「那個女孩是……？那頭髮和眼睛的顏色……哼，原來如此……是這樣啊。」

「啊，你看出來了!?真不愧是前輩！活在世上最需要的，果然是可靠的人生前輩呢!?其實我從以前就一直很尊敬前輩——」

「原來你和那個魔女之間是這種關係啊，這倒是有點出乎我的意料……」

「……呸！我怎麼這麼笨，居然會對哈前輩這種貨色抱有一點期待……快滾啦，哈。」

「對我的評價突然暴跌是什麼意思!?話說，我的名字怎麼變成只剩一個字了!?」

葛倫翻臉速度之快，讓哈雷也瞠目結舌。

「總而言之！嚴禁把年紀那麼小的孩子帶到學院！你把神聖的學校當成什麼地方了!?這裡可不是托兒所！好歹先回去讀個五年書再來報到吧！」

「呃，遺憾的是，她已經通過了正式手續……坦白說這也不是我樂見的結果……」

「好，那我來測試看看，她是否真的有足夠的資格，踏進這所學院！假如我認定不適合，就請她立刻回家！」

哈雷的措辭在教室引起了一陣騷動。

「那就這麼辦吧……跟我進行魔術問答吧，小女孩。」

魔術問答。兩人輪流提出魔術理論的問題考驗對方，是一種比賽知識，而非魔術技術的討論方式。

身為成年人且是超一流魔術師的哈雷，會對小孩子提出這種條件，也就表示……

「嗚哇，哈雷這傢伙，鐵了心要把蘿莉卡趕出校園耶。」

「也太幼稚了吧……」

「明明人家只是個小孩子……」

學生們皺起眉頭，湊在一起竊竊私語。

「慢、慢著，前輩!?我看還是別那麼做吧……？」

聽到魔術問答，葛倫急忙勸哈雷打消念頭。

「噢？看來你也跟其他做父母的一樣嘛？不想看到自己的孩子被修理到抬不起頭來嗎？」

「不、不……我不是那個意思……」

然而哈雷全然不把葛倫的勸告當一回事……

「好啊！魔術問答是嗎？蘿莉卡接受挑戰！」

蘿莉卡胸有成竹地挺起胸膛說道。

「等一下！妳在說什——」

「噢!?」

「爸比和媽咪教了蘿莉卡很多魔術的知識！所以不用擔心，來一決勝負吧，大叔！」

「大、大叔……!?我、我才二十六歲……可惡！看來妳這井底之蛙似乎很有自信嘛！我來讓妳見識大海有多遼闊！」

氣到要腦充血的哈雷跟蘿莉卡槓上了……

「何、何必如此……也太可憐了。」學生說。

「何、何必如此……也太可憐了。」葛倫說。

「明明是同一句話，聽起來卻是截然不同的意思……語言真的很深奧呢。」

「啊、啊哈哈……」

見狀，西絲蒂娜一如既往地嘆氣，魯米亞曖昧地笑著……

「…………超級可愛。」

梨潔兒則完全認為自己是局外人，只顧著摸蘿莉卡的頭。

於是，在眾人的關注下，哈雷和蘿莉卡的魔術問答大戰開始了。

（哼！就算妳是那個魔女的女兒！憑妳的年紀也不可能有勝算！讓我來教導妳什麼是人生經驗的差距！）

喀喀喀喀——！

哈雷氣沖沖地用粉筆在黑板寫下魔術式。

這道由一長串的數字和符號和盧恩文字所組成，長到橫跨黑板左右兩端的術式是……

「哼！這是列斯塔導師計算炎熱能量導力的三號方程式！當然，裡頭有加入我獨自的改編！妳來解解看吧！」

「「「嗚哇，擺明要一招斃命!?」」」

「「「超幼稚的——！」」」

學生們不約而同地發出哀號。

「應該不用我說吧，禁止使用魔導演算器、算盤和並列思考演算魔術……想要擠進我們魔術學院的窄門，可不能被這點程度的問題給考倒喔……？」

哈雷咯咯地面露卑鄙的笑容。彷彿想要藉這個機會，一報平常老是被葛倫和瑟莉卡羞辱的怨恨。

「好，快點把這條術式的Alpha Case的特異點近似數算出來！算不出來的話——」

這時，蘿莉卡踮起腳尖，用小小的字跡在黑板的下緣寫下了『1．13』。

「………………………………什麼？」

哈雷恍神地張大了嘴巴。因為蘿莉卡寫下的數字，就是這條數式的解答。

「怎麼樣，大叔？答案正確嗎？」

「…………嗯，正確。」

「太好了！不過……這條數式很了不起耶！雖然有限定特殊條件，不過大叔你發明了可以提升13％火力的數式呢！如果媽咪知道了也會嚇一跳的！她一定會誇獎你有一套！」

笑咪咪的蘿莉卡，天真無邪地如此說道……

「「「蘿莉卡太猛啦啦啦啦啦啦啦啦啦——！」」」

下個瞬間，整間教室因為驚愕與歡呼而沸騰不已。

「怎、怎、怎麼可能……!?這數式可是我長年的研究成果之一……還沒有對外發表過……可是她居然在沒有魔導演算器、算盤和並列思考演算魔術的輔助下，靠心算就算出來了……!?就憑這個毛還沒長齊的小鬼!?太荒謬了!?」

「呃，所以說，哈……什麼的前輩，那傢伙的真面目是——是——啊啊啊啊啊啊啊，可惡！制約好煩啊啊啊啊啊啊啊啊——!?」

哈雷和葛倫一個面色鐵青，一個痛苦難耐似地抓著頭。

「好，接下來換蘿莉卡出題囉？」

蘿莉卡天真無邪地說道後，轉身面向葛倫。

「欸欸，爸比。把蘿莉卡抱起來。人家的手碰不到黑板。」

「唉……」

葛倫死心地雙手伸進蘿莉卡的腋下，將她抱到頭上。

「……妳要手下留情喔？」

「嗯！」

葛倫小聲地提醒後，蘿莉卡點頭答應了。

蘿莉卡高高舉起粉筆，從黑板的左上方開始書寫。

「……噢？那是時空間魔術的術式嗎……」

立刻看穿蘿莉卡想要寫什麼術式的哈雷，故作平靜地向上推眼鏡。

「小小年紀就寫得出時空間魔術的術式，確實有兩把刷子……雖然我很想這麼說，可是妳還太嫩了……就憑那種學生教科書等級的術式……」

就在態度恢復鎮定的哈雷，開始品頭論足時，被葛倫抱著並且以潦草的字跡書寫術式的蘿莉卡，已經碰到了黑板的右上端。

「欸，爸比、爸比，那邊、那邊。」

「好啦好啦。」

蘿莉卡催促後，葛倫把她抱回黑板左端的位置……蘿莉卡接著在第一行的下面延續未完的術式。

「……好啦好啦。」

「欸，爸比、爸比，那邊、那邊。」

「哼、哼！如果是這點程度的術式……」

喀喀喀喀喀喀……

喀喀喀喀喀喀……

「……如果是這點程度的術式……」

「欸，爸比、爸比，那邊、那邊。」

「…………好啦好啦。」

喀喀喀喀喀喀……

「……這點……程度……」

「欸，爸比、爸比，那邊、那邊。」

「………………好啦好啦。」

喀喀喀喀喀喀……

「…………………」

喀喀喀……

「等、等一下————————!?」

哈雷終於忍不住哀號了。

「「「…………」」」

學生們都驚訝得張大了嘴。

最後，蘿莉卡寫出一條一路從黑板左上角延續到右下角，覆蓋了整片黑板的超巨大公式。

「這是從第三者的視角，探討平行世界間相互時間流的思考實驗近似術式喔？我自己發明的♪」

「您、您說什麼!?」

受到嚴重打擊的哈雷，下意識地改用了敬稱。

「是的，大叔。假設這個世界，真的有所謂『神的視角』存在，在這個擬似條件術式下，兩個平行世界的時間流動，若累算到第十三世界週期，兩者會出現多大的差距……你算算看吧♪啊，如果能算出世界的預定終末時間，就幫你加分喔！」

在場的學生已經完全聽不懂蘿莉卡在說什麼了。

「唉，我就叫妳手下留情了……」

「咦？這是我無聊打發時間時想出來的魔術式耶？爸比。」

蘿莉卡向垮著臉不斷用拳頭鑽她腦門的葛倫，露出納悶的表情。

「我、我可以問一個問題嗎……？在解這道術式時，可以使用魔導演算器、算盤或並列思考演算魔術嗎……？」

哈雷滿頭大汗，彷彿在盼望一線生機般，唯唯諾諾地詢問……

「咦？需要嗎？」

蘿莉卡一臉天真無邪地，做出了極度殘酷的答覆。

「好、好、好吧！我自己算！我自己算就是了！我、我是天才……沒錯，我是天才！這種程度的簡單問題……我算出來給妳看——————！」

哈雷尖叫到破音，欲哭無淚地向超難題進行挑戰——

——三十分鐘後。

「呼、呼、呼！」

「好厲害好厲害！大叔好棒喔！答對了耶！」

蘿莉卡向看上去極度憔悴的哈雷拍手誇獎。

「那、那當然了，我、我可是天才……！」

哈雷發出顫抖的聲音，打腫臉充胖子後……

「嗯！那我們繼續下一道題目吧，大叔！」

蘿莉卡殘酷地補上了一刀。

「什麼⁉」

聞言，哈雷全身打了個哆嗦。

「魔術問答不是才剛開始嗎？第一題這麼簡單……不多比幾題的話，大叔你是不會認同我的實力吧？」

「沒、沒錯！我、我還沒有認同妳……！」

「那準備開始囉？這次換我先出題囉？題目是因果律命運論最經典的主題・打破命運！如果要顛覆這個條件下的確定命運，理論上需要多少魔力量？」

喀喀喀喀喀喀喀喀喀喀喀喀喀喀喀喀喀——

——略。

「還沒完呢，看好囉？下一題是概念存在定義議論！請試著以這個條件理論，創造出能滿足召喚的『惡魔』。」

喀喀喀喀喀喀喀喀喀喀喀——

——略。

「接下來是白金術、生命神秘學！以思考實驗的方式，估算從零創造出全新生命所需要的能量總量……換句話說，就是扮演上帝！」

喀喀喀喀喀喀喀喀喀喀——

略。略。略——

——最後。

「好，我承認……妳確實有資格進入這所學院就讀，是未來要成為魔術師的人……沒錯……」

已經燃燒殆盡，徹底染上雪白的哈雷，抱膝蜷縮在教室角落，口中唸唸有詞地嘟囔。

「我辦到了，爸比！那個大叔承認我是未來要成為魔術師的人了！快點讚美我！」

「天下哪有像妳這種未來要成為魔術師的人啊。」

葛倫的頭都快痛死了。

「「「「蘿莉卡太猛啦啦啦啦啦啦啦啦啦啦啦——！」」」」

「「「「辛苦妳了，蘿莉卡——！」」」」

整個班級歡聲雷動。可愛無比的外貌，加上卓越的能力……蘿莉卡儼然成了全班的偶像。

「這樣的小孩子……居然……贏過了我……我的才能終究沒能超出人類的框架……根本比不上真正的天才……嘀嘀咕咕……嘀嘀咕咕……」

另一方面，令人同情的哈雷，在領教到自己絕對不可能跨越的絕望高牆後，徹底失去了自信。

「其、其實哈雷老師也是不折不扣的天才啦……」

「啊哈哈……只能說他這次真的挑錯對手了……」

然後一如既往地，西絲蒂娜嘆氣，魯米亞曖昧地笑著……

「嗯……了不起。」

看起來沒睡飽的梨潔兒，則是不斷摸著蘿莉卡的腦袋。

如此這般——

幼女化的瑟莉卡……蘿莉卡成為學生的一天開始了。

外表看似小孩，精神卻是成熟的大人……而且是『瑟莉卡』。

瑟莉卡是活了數百年的傳說魔術師，她的『普通』跟一般魔術師的『普通』基準，當然有天壤之別。

所以，接下來的課堂時間對葛倫來說簡直痛苦不堪……

上召喚課的時候──

『GYAOOOOOO──！』

「這是什麼鬼啊啊啊啊啊──!?」

看到一隻像山一樣龐大的龍，出現在演習場中央咆哮，葛倫不禁放聲大吼。

「是、是誰──!?是哪個傢伙召喚偉大的龍先生的啊啊啊啊──!?」

「啊，是蘿莉卡召喚的啦。」

「妳是白痴嗎!?我不是叮嚀過只能召喚沒有危險性的魔獸嗎!?」

「咦～？可是，爸比，牠是擁有智慧前的一般成龍……只是雜魚而已啊？一點都不危險吧……」

「不要以妳自己為基準下判斷！快把牠送回去──────────！」

『GYAOOOOOO──！』

「「「「蘿莉卡太猛啦啦啦啦啦啦啦啦啦啦——！」」」」

「「「「好神喔喔喔喔喔喔——！」」」」

上黑魔術實踐課時——

滋嗡嗡嗡嗡嗡嗡嗡嗡嗡嗡嗡嗡！

蘿莉卡施放了黑魔【狂風吹襲】後，強風不只吹跑了做為標靶用的人形魔像，連後面整片森林也被連根拔起。

看到一顆顆飛上天空，變得像豆子一樣渺小的樹木，以及光禿禿的空地，其他學生都一臉呆滯、啞口無言。

「妳　太　過　火　了，白痴——————！」

葛倫雙手抓住蘿莉卡的頭用力搖晃。

「妳說自己變成小孩子，所以魔力容量也縮水了，根本是騙人的吧!?為什麼防身用的非殺傷性攻擊咒文會產生那麼誇張的威力!?」

「討厭啦，爸比。這是工夫、工夫好嗎？」

蘿莉卡掏出了一張紙。上面寫著本來是【狂風吹襲】的咒文以及魔術式，可是經過她個人的魔改造後，便再也沒人看得懂的東西。

「即使魔力不多，只要下點工夫增強威力，那根本不算什麼……」

「不要多此一舉啦!?」

「「「蘿莉卡太猛啦啦啦啦啦啦啦啦啦——！」」」

「「「好神喔喔喔喔喔喔——！」」」

下課時間——

「嘻、嘻嘻嘻……小妹妹，妳好可愛喔……？」

有個形跡可疑的男子，攔住了走在走廊上的蘿莉卡。

他是學院的魔術教授——崔斯特男爵。

「妳……名叫蘿莉卡是嗎……要不要跟叔叔做好玩的事情……？」

「好玩的事情？」

「不會弄痛妳，也不是什麼奇怪的事情啦……只要陪叔叔練習精神支配魔術就好……哈啊……哈啊……」

「好啊。蘿莉卡願意當測試對象，看叔叔的精神支配魔術現在有多厲害♪」

「嗚、嗚喔喔……開、開始膨脹了——！那麼，我們馬上……」

蘿莉卡漫不經心地跟著看似亢奮的崔斯特離開，這時——

「不可以隨便跟怪人走啊啊啊啊啊啊啊啊啊啊啊——！」

「呀啊啊啊啊啊啊啊——!?」

狂奔而來的葛倫，使出跳踢踹飛了崔斯特。

然後——

「喂，崔斯特……你誘拐我們的天使想做什麼……？……說啊!?」

「看來需要讓他接受處罰……」

組成了蘿莉卡親衛隊的學生們，蜂擁上前圍住崔斯特。

「咿、咿——!?你、你們先別衝動！我只是想當她的乾爹而已……」

「……受死。」

梨潔兒露出有些可怕的眼神如此宣言，舉起了在神不知鬼不覺間鍊成的大劍——

葛倫故意裝作沒聽見背後響起的慘叫聲，向蘿莉卡訓話。

「妳瞭解自己現在的模樣和狀態嗎!?妳不是無法發揮往常的魔力嗎!?隨便跟著那種變態走，如果發生意外要怎麼辦!?」

「咦～？唉唷，爸比你太喜歡瞎操心了啦～～」

「啊啊啊啊，夠了！拜託今天快點過去吧——！」

「啊哈哈，葛倫老師今天一整天都黏著蘿莉卡呢。」

魯米亞莞爾一笑，關注著一來一往的葛倫和蘿莉卡。

「唉。那個人也真是的！一把年紀了，居然還做出那麼幼稚的事情……她不會覺得丟臉嗎!?」

「呵呵，西絲蒂……妳難道是在吃醋嗎？」

「什麼!?」

「我想也是啦……因為蘿莉卡的關係，今天老師完全沒空找西絲蒂呢？」

「什、什、才不是那樣！那不是我想表達的意思！我只是想說一把年紀了，個性還那麼不穩重，不是很妥當嘛！絕不是……」

看到西絲蒂娜紅著臉大力反駁的模樣，魯米亞露出知情的表情，輕輕地笑了。

——就這麼來到了第五堂課。

「終於撐到解毒儀式的實踐課了……」

在學生通通到齊的魔術儀式室中，葛倫精疲力盡似地發著牢騷。

「好了，來吧……蘿莉卡……」

「嗯？什麼事？爸比？」

「可以不用再演了啦……拜託妳差不多該解除對整個學校施放的催眠、魅惑和制約了……不然等妳變回大人的外表後，事情會搞得很複雜的……」

葛倫說的不無道理。

「…………唉，說的也是。是時候該收手了……」

原本語氣和舉止還像個小孩子一樣的瑟莉卡，突然恢復了平時的態度。

「可以的話，我還想再繼續玩一會兒的……沒辦法。」

啪！

瑟莉卡彈了一下手指。

瞬間，學生們的身體一震。

「咦、咦……剛才是……？」

「怎、怎麼覺得好像突然神清氣爽起來了……？」

感受到了一股不可思議感覺的學生們，訝異地眨著眼。

「啊哈哈！今天對你們很不好意思。其實這一切都是我的惡作劇……」

於是——

瑟莉卡向眾人揭穿了真相。

學生們怔怔地聽著幼女化瑟莉卡的說明，聽得都出神了……

「簡單地說……因為搭配魔術藥的變身魔術失敗，所以無法從小孩子變回原貌……嗎？」

「也、也對……這一切果然都是阿爾佛聶亞教授的惡作劇。」

「追根究柢，依老師的年齡，有這種歲數的女兒，本身就是非常不合邏輯的事……」

「為、為什麼我們之前都沒有懷疑過啊……？」

然後，大家看起來也大致接納了現實。

「呼……快折騰死我了。」

葛倫鬆了一口氣。

「接下來只要用解毒儀式，幫瑟莉卡恢復原狀，整起事件就解決了……好了，快過來吧，瑟莉卡。」

「噢，麻煩你囉？」

葛倫牽著瑟莉卡的手，走向繪製在房間正中心的法陣中央。

這時──

「慢著────────────！」

某個男人隨著唐突的一聲疾呼，衝進了儀式室。

他就是崔斯特男爵。

「呿……你還沒死透啊……？」

「嗯……受死。」

男學生們和梨潔兒群起而攻。

「等、等一下⁉拜託你們先聽我說！」

崔斯特男爵鐵青著臉，激動地發表主張。

「我反對這場解毒儀式————！」

「好，梨潔兒，砍了他吧。我允許妳這麼做。」

「嗯。」

梨潔兒鏘地掄起了大劍。

「咿——⁉先別衝動！聽我把話說完嘛⁉」

崔斯特一邊和梨潔兒保持距離，一邊堂堂地做出宣言。

「總之，發生在蘿莉卡身上的事情，我全部都聽到了！」

「什麼時候？在哪裡聽到的？」

崔斯特無視冷眼吐槽的葛倫，繼續發言。

「請你們重新考慮一下！這樣真的好嗎⁉如果進行了這場解毒儀式……我們這輩子就再也見不到那個幼女天使了喔喔喔喔喔——⁉」

「……嗄？」

「「「「!?」」」」

葛倫傻眼地發出不以為然的聲音，學生們則是醍醐灌頂般，睜大了眼睛。

「你們用自己的眼睛，仔細看看有如奇蹟般美麗又惹人憐愛的蘿莉卡，那神聖不可侵犯的尊容吧！我呢，光是欣賞她的尊容，就能吃下三顆麵包！光是聞從那頭彷彿金絲般的金色秀髮所飄散出的誘人髮香，哪怕是一整片湖水，我也能暢飲而盡！未經任何汙染、純潔無垢的究極之美，是這個年紀才能保有的得天獨厚優勢，一旦失去——就好比痛失了人類的至寶！難道不是嗎？各位同學！」

「好變態……」

崔斯特的言論連葛倫都聽不下去。

「各位同學，你們能允許嗎!?說穿了，葛倫老師他可是要把我們的天使……把蘿莉卡從這個世上抹殺掉啊!?你們要眼睜睜地看著這種罪大惡極的事情發生嗎!?身為人，這樣做對嗎!?」

「喂喂喂……」

「求求你們了！倘若有人對我的至理名言產生一點共鳴……請把你的力量借給我！讓我們打倒企圖破壞人類的至寶，凝聚世上所有邪惡的——葛倫老師！」

崔斯特使出渾身解數煽動群情後，最後張開雙臂做出宣言。

「沒錯……這可是以神之名發動的正義之戰——聖戰啊啊啊啊啊啊啊啊啊啊啊——！」

靜。

整間教室突然鴉雀無聲。

然後——

「……大笨蛋。誰會贊同你那番不知所云的狂言妄語啊……噢？」

葛倫赫然發現。

班上的學生全都露出不太友善的眼神盯著他。

「奇、奇怪了？應、應該不可能吧，難道說……你們都對這變態的發言有共鳴……」

這時。

咻轟轟轟轟轟轟轟！

突然一道剛速的劍閃砍向了葛倫。

「嗚耶耶耶耶耶——!?」

葛倫勉強在千鈞一髮之際向後一縮，大劍掠過了他的鼻頭。

「妳、妳在搞什麼鬼啊，梨潔兒————!?」

向他發動攻擊的人當然是……梨潔兒。

「雖然我也不是很懂。」

梨潔兒重新擺出握劍的架式，她的眼神雖然看似昏昏欲睡，卻也夾帶著惡意……

「……不過，葛倫應該是壞人。」

如此一口咬定後，她又揮劍砍向葛倫。

「什麼——!?有沒有搞錯啊!?」

「放心，我只會用刀背砍你。」

「這哪裡能放心了!?」

「我要保護蘿莉卡！咿咿咿咿咿咿呀啊啊啊啊啊啊啊——！」

「咿咿咿咿咿咿咿咿咿咿——！」

面對梨潔兒轟轟作響的剛速劍，葛倫只能拚命東閃西閃。

梨潔兒率先發難後——

「就、就是說啊……我們到底在想什麼啊……!?」

「沒錯……就算蘿莉卡的真面目是阿爾佛聶亞教授，又有什麼關係……！」

「對啊……絕對不能讓永遠失去蘿莉卡的事情發生……！」

「一起保護蘿莉卡吧……！」

帶動學生們朝脫軌的方向燃起了鬥志……

「諸君！起身奮戰吧！」

「沒錯！幹掉企圖不合理地從我們身邊奪走蘿莉卡的葛倫老師吧——！」

「「「「嗚喔喔喔喔喔喔喔喔喔喔喔喔喔喔喔喔喔喔喔喔喔喔喔————！」」」」

學生們不約而同撲向葛倫——

「不要鬧了————！你們是著了什麼魔啊————!?」

葛倫一邊拚命用體術化解學生們的圍攻，一邊發出悲鳴。

「喂，瑟莉卡!?這是怎麼一回事啊!?」

「嗯～？大概是因為對全校施放的魅惑魔術效果，還沒完全解除的關係吧～？也有可能是因為我還維持小孩外表的關係……？唔姆……？」

瑟莉卡無視眼前那天翻地覆的騷動，悠哉地分析。

「可惡！既然這樣，那妳還不快點解咒————！」

「噢，沒問題。那你得先讓我恢復原狀才行。」

「妳覺得我現在有那個空嗎？笨蛋————————————————!?」

葛倫在驚心動魄的廝殺中放聲大吼。

「咿咿咿咿呀啊啊啊啊啊————！」

揮劍來襲的梨潔兒。

「岳父！請把女兒嫁給我————————————！」

趁亂提出不齒要求的崔斯特男爵。

「「「「算了，就當蘿莉控也沒什麼不好——————————！」」」」

以及拋棄了常識的學生們——

整間教室儼然變成了無盡的混沌深淵。

「……這也太慘了。」

一如既往地，西絲蒂娜嘆了口氣……

「啊、啊哈、啊哈哈……」

魯米亞則是曖昧地笑著。

……於是——

這場混亂騷動落幕後——

「總算搞定了……」

太陽西下，從學校返家的道路已經被夜色籠罩。

葛倫和瑟莉卡一起踏上歸途。

「辛苦你了，讓你忙到焦頭爛額哪。」

瑟莉卡面露俏皮的微笑說道。解毒儀式順利結束，她變回了成熟性感的大人模樣。

「嘖。妳以為這都是誰害的啊……」

葛倫生起悶氣，像在表現不想再看到瑟莉卡的臉般撇過頭。

「那間儀式室被那起騷動破壞後的修理費用，居然要一百里爾！搞了半天，結果只是白忙一場，可惡！」

「啊哈哈，別抱怨了。今天晚餐我就做你愛吃的菜作為賠罪吧？」

不知何故，瑟莉卡的心情似乎很好。

「那麼，今天晚餐你想吃什麼？」

瑟莉卡以溫和的語氣如此詢問後，葛倫提出了心中的疑問：

「吶……瑟莉卡。妳為什麼突然想變成小孩子？」

「…………」

「妳怎麼可能會在【變形術】這種程度的魔術上失敗，那是騙人的吧？妳絕對是故意失手的。製造了這麼大的騷動……妳真正的意圖到底是什麼……？」

「…………」

有一段不短的時間。

瑟莉卡只是沉默不語。

兩人就這麼默默地並肩行走著。

不久，就在葛倫打算放棄追究時——

「……最近的你啊。」

瑟莉卡突然呢喃了起來。

「感覺上……老是跟學生黏在一起，不是嗎?完全把我丟在一旁了。」

「嗄?」

「所以我想說……如果我變得比學生更年輕……說不定你就會多陪我一點了吧……?」

瑟莉卡這麼說完之後，轉頭面向葛倫。

「……開玩笑的啦。」

她像小女孩一樣，露出了淘氣的笑容。

「……真是的。」

聽到瑟莉卡的回答，葛倫嘆了口氣，抓了抓頭。

「今天發生這麼多事，肚子都快餓扁了。我想大吃一頓。我要塞了馬鈴薯和香草的烤雞、鮭魚濃湯、肉派、蘇格蘭炸蛋、大份的炸魚薯條，麵包的部分要黑麥麵包。當然囉，只有一份我是吃不飽的……不管我想吃什麼，妳說妳都會準備吧?」

葛倫撇過頭看著旁邊，一臉臭臉地列出了今晚的菜單。

「吃飽後，再端出妳沖泡的紅茶和妳製作的點心，我陪妳一起悠哉地喝杯茶……這樣可以吧?」

「好啊。雖然這些菜色準備起來有點費時……不過今晚就破例吧。」

瑟莉卡心滿意足似地露出微笑。

兩人肩並著肩往前走。

朦朧的月光，潔白而溫柔地灑落在兩人前進的路途上。

病弱女神瑟希莉亞

Sickly-Goddess-Cecilia

Memory records of bastard
magic instructor

不正經的魔術講師與追想日誌

Memory records of bastard magic instructor

某天深夜。

潔西卡・赫斯特伊亞完成了今天的工作，精疲力盡地倒頭仰躺在房間的辦公椅上。她維持癱在椅子上的姿勢，歇了一口氣。

潔西卡以昏暗的燈光，興沖沖地撕開了她最寶貝的女兒，每個月都會寄來的信封。

裝在信封裡面的是一顆小魔晶石。潔西卡取出魔晶石後，將它裝到放置在桌上的音訊播放魔導器。

『敬啟者。母親，您過得還好嗎？』

隨後，音訊播放魔導器的號角，傳出了青春少女的清澈嗓音。

這顆魔晶石記錄了透過錄音魔術所錄的聲音。潔西卡和她的女兒，總是透過這種形式交換近況報告。

『我猜母親妳還是一樣很忙吧，可是妳的身體跟我一樣不太強壯，所以千萬不要太過勞累喔。』

女兒的近況報告，總是用這段定型化的問候語作為開場白。

對於每天被法醫師的繁忙工作壓得快喘不過氣來的潔西卡而言，聽女兒每個月一次的近況報告，是無可取代的平靜時光。

潔西卡用事先準備好的茶具，把紅茶注入杯子裡。

紅茶香氣盈滿了整個房間，她一邊享受著茶水的滋味與熱度，一邊傾聽女兒的聲音。

『……自從我離開指導我法醫術的母親膝下，來到阿爾扎諾帝國魔術學院就職，在這個月已經滿一年了。感覺時間過得真的好快喔……』

（那孩子已經離開我那麼久了嗎……）

看著倒映在紅茶液面上的眼眸，潔西卡恍惚地思忖著。

（那孩子從小就體弱多病……我本來還以為她撐不到一個月，就會受不了哭哭啼啼地回家了呢……）

『現在我已經完全適應職場的環境了。法醫師這份工作也帶給我很大的成就感。而且我打算在這學院努力深造，總有一天要實現我的夢想……』

（……夢想啊。那孩子直到現在仍……）

回想起來，女兒當初決定要離家時，自己跟她吵得非常激烈。

潔西卡聽著女兒的錄音，回憶起當時的情況。

——妳身體那麼虛弱，絕對不可能成功！還是乖乖地留在我身邊當助手就好——

——母親，不……潔西卡老師！我一定會達成目標——

儘管女兒出發時，兩人鬧得不歡而散，事到如今，那也成為美好的回憶。

（她很努力呢……）

儘管扮演著頑固又囉嗦的母親角色，可是最近的潔西卡發現，自己內心深處已經慢慢開始偏向支持女兒了。或許是時候放手讓小孩獨立自主了吧。

（接下來……只期待她可以找到一個好對象了……）

會開始擔心這種問題，表示我年紀也大了呢……潔西卡不禁苦笑。

潔西卡將杯子湊到嘴邊，想把那股莫名尷尬的心情一起喝到肚子裡……

……就在這個時候──

『那麼，母親，最後要跟您報告一件──咳咳咳咳咳咳咳──！咳咳咳咳咳咳咳咳咳──!?』

啪！嗶嗒嗶嗒！

猛烈的咳嗽聲，以及口吐帶有黏性液體的不祥聲響，同時從號角喇叭傳了出來。

「噗──────！」

潔西卡忍不住吐出了嘴裡的紅茶。

平靜而優雅的時光瞬間瓦解，潔西卡慌張地緊抓住音訊播放機。

『咳咳!?嗄哈!?嗚、啊、血都嘔噗哈啊啊啊啊──！』

嗶嗒！嗶嗒嗶嗒——！

滴嗒滴嗒滴嗒……

「等——女、女、女兒!?妳還好嗎!?」

潔西卡忘了這是記錄在魔晶石裡的舊錄音，忘情地向播放機大喊。

『真、真是的……咳咳!?居然在錄音的時候發作——嘎、啊啊啊啊啊啊啊——！咳咳咳！哈啊……！哈啊……！看、看來……這下得重新錄——咳噗!?』

嗶嗒！嗶嗒嗒……

音訊播放機毫無溫度地撥放著女兒痛苦的呼吸聲，以及怎麼聽都是在吐血的聲音。

潔西卡不由自主地想像了在聲響另一頭，令人驚心動魄的畫面——

她的心臟噗通噗通狂跳，像在祈禱似地雙手交握，仔細傾聽播放的聲音……

『嗚嘶……嘶……咳咳！藥……藥放在哪裡……？總之得先……暫停……錄音……』

於是——

音訊出現了短暫的空白，不久……

碰噹！鏗磅！

喀鏘鏘鏘鏘鏘鏘鏘鏘鏘！

號角喇叭傳出了有人跪倒在地和激烈的碰撞聲……

靜……

鴉雀無聲。音訊到此播放結束。

「…………………」

潔西卡像雕像般整個人僵住不動，一臉呆滯地注視著沉默的音訊播放機。

良久，潔西卡的時間漸漸恢復流動……腦袋也開始運轉……

然後——

「瑟希莉亞————！」

潔西卡呼喊女兒名字的悲痛叫聲，迴盪在深夜的赫斯特伊亞醫療院裡。

「為什麼我會遇到這種事啊……」

阿爾扎諾帝國魔術學院。

葛倫今天同樣遭逢了一堆鳥事，全身遍體鱗傷。

「呵呵，今天你看起來比平常還要狼狽呢……」

牽著葛倫的手向前走的年輕女子是瑟希莉亞・赫斯特伊亞。

她今年十九歲。五官秀麗端正。身體纖細而瘦弱，彷彿用力一抱就會折斷。長到快要拖地的白金色頭髮，綁成蓬鬆的麻花辮；身上套著長版的白色法衣，給人充滿了夢幻氣質的印象。

她與華麗的瑟莉卡屬於相反類型的美女，在法醫術方面是校內公認的頂尖專家。

「白貓那傢伙，不需要那麼生氣吧……嘀嘀咕咕……」

「好了好了，快點進來吧，葛倫老師。」

瑟希莉亞好聲好氣地哄著鬧彆扭的葛倫，進入學院的醫務室。

這間乾淨又整潔、呈現清一色白色的房間，就是瑟希莉亞的職場。她是在這裡服務的法醫師。

「不過，瑟希莉亞老師……真的可以嗎？這點程度的傷勢，我自己就能搞定了……」

「不行。」

彷彿在訓斥不聽話的小孩子般，瑟希莉亞豎起了手指。

「如果隨便處理，留下疤痕的話，那怎麼辦？這種事情還是請交給專家來處理吧。」

瑟希莉亞堆起滿臉笑容。

雖然她是和葛倫同齡的同事，可是葛倫經常受她關照，因此在她面前總是抬不起頭。

「好、好吧……既然瑟希莉亞老師都說到這個份上了……那就給妳添麻煩了。」

「呵呵，不用客氣。這本來就是我的份內工作。」

瑟希莉亞讓葛倫坐在醫務室內的床上後，立刻俐落地展開治療。

首先，她用脫脂棉和消毒液，仔細消毒葛倫身上的傷口……

「嗯～如果是這種程度的傷勢……不過有輕微的燒傷呢……嗯，治癒的軟膏就使用史蒂諾靈藥吧。」

她把裝在小瓶子的白色軟膏擠到手指上後，塗抹在葛倫身上。

基本上，近代法醫咒文以『強化傷患自身的治癒能力，促進傷口恢復』為主流。

不過這種做法，等於是促進人體產生異常的生命活動，會對受術者的身體造成龐大的負擔。若不明就裡地對身體有欠損或骨折的傷患使用法醫咒文，往往容易使傷患留下後遺症。

因此，在使用法醫咒文之際，如果有精通前置作業、外科處置、治療輔助藥物的專家在場，不只可以大幅提升治療效率，也能將身體的負擔減輕到極限。

這指的正是在魔術領域中，尤其擅長法醫系統魔術的術者……法醫師。

「《慈愛的天使・帶給傷者安寧・伸出您的援手吧》。」

完成前置作業後，瑟希莉亞神情肅穆地唱起咒文。溫暖的光在葛倫的身體流動——轉眼間，傷口就毫不留痕跡地痊癒了。

「好，結束了。」

瑟希莉亞擦掉葛倫身上剩餘的軟膏，笑著說道。

「哇！瞬間痊癒嗎……妳的技術還是一樣讓人嘆為觀止哪。」

就連平常很吝於開口誇獎別人的葛倫，也忍不住老實地給予誇獎，瑟希莉亞的能力就是如

此出眾。

「如何？還有哪裡覺得不舒服的地方嗎？」

「不會……完全沒有。應該說身體的狀況變得比原本更好了。」

當然，這點程度的傷勢，葛倫自己也能用法醫咒文治好。

不過，他自己治療的話，效果沒這麼迅速，皮膚遭到拉扯的怪異感也會持續兩到三天。

魯米亞在法醫術方面上的表現也很有潛力，不過仍遠遠不及瑟希莉亞。

「哎呀，真不愧是瑟希莉亞老師──」

當葛倫露出微笑，發自內心想要讚美瑟希莉亞時──

「咳噗!?」

笑咪咪的瑟希莉亞，毫無預警地口吐一大灘血──

啪嚓！

血把葛倫的臉噴成了紅色。

「瑟、瑟希莉亞老師──!?啊啊真是的！如果妳沒有這個罩門的話──！」

葛倫傷腦筋地看護著不支倒地的瑟希莉亞。

瑟希莉亞雖具備強大的法醫術實力，不過她有一個非常致命的弱點……那就是體質極度體弱多病，很容易因為一點小狀況發作，從而吐血昏倒。

「我、我沒事……只是……稍微有一點……疲倦而已……」

倒在葛倫懷裡的瑟希莉亞翻起白眼，身體不斷抽搐。

「只是疲倦就會吐血，也太誇張了吧!?真是的！誰、誰能幫忙找法醫師老師過來──!?」

「我……我就是……」

「對喔，我都忘了!?」

到底該怎麼辦啊!?葛倫傷透腦筋。就在這時──

碰！

突然，有一名女性，粗魯地打開了醫務室的房門。

她年約四十五歲上下。戴著一副眼鏡，眼神充滿了知性且銳利。因為年紀的關係，眼尾和嘴角有明顯的細紋，不過從她現在的容貌，不難看出她年輕時肯定是個大美女。而且，最值得一提的一點就是……

「咦、咦……？」

葛倫交互打量那名女性，和抱在他懷裡的瑟希莉亞。不管怎麼看，該女子和瑟希莉亞都長得有幾分神似。

「難道妳是……」

證實了葛倫的預感……

「母、母親……？妳怎麼會……來……這裡……？」

瑟希莉亞面露驚愕的表情，如此喃喃說道。

「唉……妳這孩子實在是……」

那名女性——瑟希莉亞的親生母親潔西卡，無奈地嘆了口氣。

短暫片刻後。

「真、真不愧是母親……太厲害了。」

「人、人上有人啊……」

醫務室裡，完全恢復精神的瑟希莉亞，不可思議似地猛眨眼，葛倫則是在一旁瞠目結舌。

後來，潔西卡用注射器為瑟希莉亞施打某種藥物，並喃喃地唱了一句咒文，瑟希莉亞的身體狀況沒多久就好轉了。

和潔西卡神乎其技的法醫術相比，瑟希莉亞顯得矮人一截。

「既然妳的狀況已經穩定下來，那我們進入正題吧。」

潔西卡從懷裡掏出一顆小魔晶石，向瑟希莉亞興師問罪。

「這是怎麼一回事？瑟希莉亞。給我一個交代。」

「……？」

瑟希莉亞一時搞不清楚狀況，露出一頭霧水的模樣。

「啊。」

不過她似乎很快就聯想到了，儘管臉上掛著笑容，但她的額頭浮現大片汗水。

「該……該不會……往常的那個……我誤把重新錄製前的音訊寄給妳了……？」

「唉～～……」

潔西卡長長地嘆了一口氣，同時向上推起眼鏡。

「我知道妳天生體弱多病……可是妳的健康又惡化了，對吧？」

「我、我沒事啦，母親！和平常相比，剛才的發作症狀，已經算是輕微的了……」

「算輕微？……剛才那樣子？」

隔著鏡片，潔西卡的眼神變得更銳利了。

「……啊、啊嗚……」

自掘墳墓的瑟希莉亞縮起了身體。

醫務室籠罩著一股凝重的沉默……不久……

「跟我回老家吧，瑟希莉亞。」

潔西卡淡然地開口了。

瑟希莉亞聞言，身體抖了一下。

「這份工作對妳來說，果然還是太吃重了。回家吧。妳只要在身體負荷得了的範圍，擔任我的助手就夠了。」

「怎、怎麼這樣……」

平常有點像傻大姊的瑟希莉亞，難得露出可怕的表情反抗潔西卡。

「不要！我有我的夢想要實現！」

「如果為了夢想賠掉性命，那就太可笑了。」

「即、即使如此，我還是……！」

瑟希莉亞看向葛倫，透過眼神和他求救。

「對了，葛倫老師你來幫我勸勸母親！」

「……好吧。請容許我以第三者的身分說句公道話。」

於是，葛倫一臉誠懇，轉身面向瑟希莉亞，把雙手搭在她纖細的肩膀上表示：

「我覺得，妳回老家真的比較好。」

「太過分了!?」

瑟希莉亞大受打擊，差點哭了出來。

如此這般，母女兩人的對話呈現毫無交集的平行線。

主張要帶女兒回老家的潔西卡。

主張要留在學院的瑟希莉亞。

兩人爭論得口沫橫飛，誰也不肯退讓，陷入無限的輪迴……

「好吧，反正我早就知道妳不會乖乖聽話。妳跟我一樣，個性有點頑固……」

潔西卡認輸地嘆氣。

「『是呀，我們母女也許很類似呢。』」

「所以我有一個條件。今天一整天，妳必須讓我跟在身邊，監視妳工作的情況。」

「『母親要監視嗎……？』」

「如果妳能證明自己留在這所學院當法醫師沒有任何問題，我就不再反對。相反的，假如有問題……妳就得放棄夢想，乖乖跟我回去。可以嗎？」

「『好。今天一整天，我會證明自己完全沒有問題的。』」

「……真的很冥頑不靈耶。」

潔西卡像是拿她沒轍般，瞥了瑟希莉亞一眼……

「不過呢，光是和人吵架，就會貧血倒地，連話都講不清楚，我看妳是不可能過關了。」

「呃？妳說什麼……『拜託不要講那種話』……好像是這樣。」

瑟希莉亞病懨懨地躺在病床上，以微弱的音量喃喃細語；把耳朵湊向她，充當傳聲筒的葛倫低吟道。

「嗯……看來機會渺茫了……」

葛倫也忍不住嘆息。

——事情就是這樣。

天氣晴朗的午後。和煦的陽光。

「瑟希莉亞老師，妳身體還好嗎？」

「那個，事情我們都聽說了，老師還是不要太勉強了吧……」

學生們魚貫前往位在校地範圍內的魔術競技場，人群中除了葛倫、西絲蒂娜、魯米亞、梨潔兒等熟悉的面孔外——

「我很好。咳……我不能在這個時候放棄。而且這本來就是我的份內工作……咳咳……」

其中還包括了身體狀況已經恢復到，休息後勉強能走動的瑟希莉亞。

「葛倫老師的下一堂課是魔術戰教練吧？學生上這門課，有很高的機率會受傷。有法醫師在場，會比較安心吧？」

「話是這樣沒錯……可是妳也不需要這麼勉強自己……乖乖在醫務室坐著吧……」

葛倫轉頭看了後方一眼……

「…………」

只見潔西卡保持著一定距離一路尾隨，用冷冰冰的眼神觀察著瑟希莉亞。

（想把生命如風中殘燭的瑟希莉亞老師帶回家……嗯，身為母親，會做出這種決定，也是人之常情吧。）

畢竟事關瑟希莉亞的將來（尤其在性命的意義上），葛倫也不敢未經深思熟慮就發表意見。

就在葛倫苦惱不知該如何是好時……

「拜託你，葛倫老師……我知道會給你添麻煩，可是請你助我一臂之力……咳、咳。」

開始邊走邊咳的瑟希莉亞，如此懇求道。

「我無論如何……都想繼續做這份工作……」

「為什麼妳這麼堅持……？」

「……因為我有夢想。」

瑟希莉亞輕聲一笑後如此回答。

「以前我說過想當老師……不過，其實我還有一個遠大的夢想。」

「夢想……嗎？」

「是的……葛倫老師你瞭解目前帝國的法醫治療現場嗎？」

「嗯，算是吧……」

坦白說，法醫治療尚未普及。

在這個國家，基本上只有魔術師才能享受到魔術的恩惠，和魔術無緣的一般人，目前很難享受到那樣的資源。

「非魔術師的一般人，如果想接受法醫治療，只能付出大筆金錢，個別聘請魔術師服務。而有這種經濟能力的人，僅有一小部分的特權階級。」

「確實，畢竟法醫系統的魔術，原本也屬於軍用魔術的一種……」

如何讓受傷的士兵可以盡早重返戰場……法醫術就是在這種需求下被催生出來的。到頭來，法醫術也是葛倫所鄙視的殺人魔術。

「我的老家——赫斯特伊亞家，是少數能以公共立場，向一般民眾提供法醫治療的單位，屬於例外中的例外。赫斯特伊亞家原本是研究法醫術的名門，在推行研究的過程中，總是需要有患者做為施術對象……」

瑟希莉亞面露複雜的表情，繼續說道：

「即使像我家，患者也必須簽署各種保密義務用的文件、提出一般醫生的介紹信，此外還得負擔相當高額的治療費……所以，接受法醫治療的門檻是非常高的。」

「…………」

「在我小時候，母親經常很惋惜……假如國家可以建立讓所有人平等、沒有負擔地接受法醫治療的『法醫院』制度……就可以救更多、更多的人了……」

語畢，瑟希莉亞抬頭仰望天空。

她那散發出耀眼光芒的眼睛，充滿了懷念之情。

「我也希望盡其所能地救更多人……也想幫母親實現願望……所以我期盼有一天，能為這個國家建立『法醫院』制度。」

「……!?」

「母親是指導我法醫術的師父，我當然很尊敬她……不過，光是窩在故鄉鑽研法醫術，絕對不可能有辦法為這個國家打造『法醫院』制度。」

她的聲音儘管微弱，卻蘊藏著強烈的意志。

「如果留在這裡……留在阿爾扎諾帝國魔術學院……我就能一邊鑽研法醫術，一邊學習和魔術相關的法律等各種知識了。只要提升魔術師的階級，我在魔術學會不僅能接觸到各種有力人士，也能發揮影響力。沒錯，如果留在這裡的話……」

熱血沸騰地說到這裡，或許是突然感到難為情，瑟希莉亞顧左右而言他地笑了出來。

「啊、啊哈哈……我隨口說說的啦。不知世事的女孩做的白日夢……明明我連體弱多病的自己都照顧不好……葛倫老師你一定覺得我很可笑吧……」

「……我怎麼可能會笑妳呢。」

葛倫向那樣的瑟希莉亞，投以友善且堅定的笑容。

「坦白說，妳很偉大。和只是抱著傻勁，追尋著虛有其表的幻日的我完全不同……我覺得瑟希莉亞老師是秉持信念，朝著燦爛太陽的意志前進的……」

「沒錯，我也支持瑟希莉亞老師！」

「嗯！請老師加油！」

西絲蒂娜和魯米亞帶著興奮之情，鼓勵瑟希莉亞。

「我……我沒有那麼了不起啦……」

瑟希莉亞用手捧著發紅的臉頰。

與此同時。

「…………」

遠方的潔西卡，默默地注視著瑟希莉亞的背影。

「總之我們瞭解原因了，瑟希莉亞老師。今天一整天，我們會全力支援妳，好讓妳達成妳老媽的要求！妳們也贊成對吧？白貓、魯米亞。」

「當然了！」

「嗯。瑟希莉亞老師……我們會盡全力提供協助的，有需要請儘管開口喔。」

西絲蒂娜和魯米亞直爽地答應後，瑟希莉亞感動得熱淚盈眶。

「咳咳……謝謝大家……我真的很開心……」

然後，她祈禱似地，在胸前十指相扣——

而且露出了讓人想好好守護她的笑容——

「瑟、瑟希莉亞老師，妳、妳流血了……」

——只可惜掛在嘴角的一絲鮮血，毀了那美好的一幕。

（話說回來，不管是瑟希莉亞老師、白貓還是魯米亞……為什麼我身邊有這麼多懷抱著堅定信念，個性堅強又聰明的女性啊？）

當葛倫暫時背對現實，露出苦笑時……

「嗯……我知道了。我也要幫助瑟希莉亞。」

梨潔兒肩上扛著不知不覺間高速錬成的大劍……

「所以……我去幹掉潔西卡。這麼一來，事情就解決了……」

「雖然看到妳這正常發揮的蠢樣讓我非常放心，可是千萬別這麼做啊啊啊啊啊啊啊啊啊啊啊——!?」

見梨潔兒大搖大擺地朝著潔西卡走去，葛倫手一伸，抓住她宛如尾巴般的後髮，硬是把她拉了回來。

「由於這個緣故，今天的魔術戰教練，我們特別請到了瑟希莉亞老師在旁觀摩。」

「二年二班的同學，請多指教。」

「「「「嗚喔喔喔喔喔——！」」」」

瑟希莉亞輕輕點頭致意，學生們（尤其是男的）沸騰了起來。

校內新聞部定期會舉辦各種校內排行，其中，瑟希莉亞在『激起守護慾的夢幻美女』這項排行榜中經常獨居鰲頭，是青春期男生眼中的仰慕對象。

「太好了！有瑟希莉亞老師在場，今天可以放心受傷了！」

「應該說最好可以受傷！」

男學生們一如往常，以卡修為首，開始瞎起鬨……

「男生不要吵了！」

溫蒂等人旋即指謫這些膚淺的男生。

「唉，這些傢伙實在是……」

葛倫見狀，不禁嘆氣。

「我說啊，你們也都知道吧……瑟希莉亞老師她呢……不是身強體壯的人。」

「嗚……的確……」

「所以為了不要讓瑟希莉亞老師負擔過重，你們練習時務必多加小心，避免受傷——」

葛倫話才說到一半。

「不，無需顧慮。」

有人從旁打岔了。那個人就是潔西卡。

「不管在什麼情況下，即使犧牲性命，也要治療傷患……這才是法醫師的本分。接受治療的那一方，不需要掛念法醫師的身體狀況。如果沒有這種覺悟，一開始就不該當法醫師……」

潔西卡淡淡地表示，冷冷地瞄了瑟希莉亞一眼。

「……我沒說錯吧？瑟希莉亞老師。」

窸窸窣窣……

潔西卡那不近人情的嚴厲說詞，讓學生們陷入了困惑。這時……

「……是的。」

瑟希莉亞以帶著覺悟的眼神點了點頭。

「法醫師原本就是在戰場中，與士兵生死與共的人。奉獻生命，盡其所能地拯救在最前線賭上性命而受傷的士兵，這就是我們的義務……我從妳身上學到了這件事，母親……不，潔西卡老師。」

「回答得很好。期待妳的表現。」

潔西卡面露挑釁的笑容，撩撥著頭髮。

「那個人是誰啊……？該不會是瑟希莉亞老師的媽媽吧……？」

「跟個性溫和的瑟希莉亞老師不一樣……光是被她盯著看，身體就快起雞皮疙瘩了……」

「該說是熟年的魅力嗎……那就是所謂的美魔女……？」

「呵呵呵……有虐待狂氣質的熟女也很棒呢……哈啊……哈啊……好想和她結婚……」

「快點回來啊，魯耶爾————!?」

無視在一旁瞎起鬨的學生。

「瑟希莉亞老師……怎麼辦？潔西卡女士擺明就是來擊潰妳的呢。」

葛倫一臉苦惱，湊在瑟希莉亞耳邊竊竊私語。

「不過母親說的也都是事實。如果連這點程度的關卡都過不去，我也沒資格當法醫師了……」

「瑟希莉亞老師……」

「不用擔心，葛倫老師。我……會加油的。」

瑟希莉亞開朗地笑了。

「今天，為了向母親證明我身為法醫師的實力……要全力以赴！我保證一定治好所有在這堂課受傷的學生……直到這副身軀燃燒殆盡，化為灰白色為止！」

葛倫凝視瑟希莉亞的眼睛。她的眼神固然溫和，可是充滿了屹立不搖的決心與信念。

「好吧……既然瑟希莉亞老師已經做好覺悟，我就不再多說什麼了。」

「葛倫老師……」

「我知道這樣講很老套……不過，請妳奮鬥到最後一刻。」

「好的！」

瑟希莉亞以鏗鏘有力的聲音，回應了葛倫的激勵。

魔術戰教練正式開始。

今天的課程是以一對一決鬥為主的魔術戰。

魔術雖是探究真理的手段，不過魔術一路以來都是伴隨著鬥爭發展，倒也是事實。這點跟科學技術是一樣的。

沒有人能夠否定魔術本身就是會引來鬥爭和紛擾的宿命吸引力。所以就算再怎麼不擅長戰鬥，還是得對『魔術師的戰鬥方式』抱有最粗淺的認識……這一門課的用意就在此，然而……

「耶！我贏了！」

「可、可惡！再、再比一次！這次我一定會——！」

對渴望變強的年輕學子而言，似乎並不特別排斥魔術和戰鬥掛鉤的問題。

少數不擅戰鬥的學生，專找同類當對手，打得心驚膽跳，深怕害對方受傷……不過，絕大部分的學生都把握難得的魔術戰機會，打得熱血沸騰。

「所以說！勝負固然重要，可是還有比勝負更重要的事吧!?不管是贏或輸，都要認真檢討，提升身為魔術師的智慧——」

「廢話少說，西絲蒂娜！一決勝負吧！今天我一定要贏妳！」

「認真聽我說話啦！」

一頭熱的學生們，完全把西絲蒂娜的說教當成耳邊風。

也正因為大家都使出全力練習的關係……

「……成功了！第一次從基伯爾手中拿下一勝！」

「好痛……我太輕敵了……！」

雖說這是僅能使用非殺傷性咒文的魔術戰訓練，難免還是會有人受傷。

「喂!?不要緊吧!?」

「哼……我沒事。單純只是被你的【狂風吹襲】吹飛時，沒能讓自己以緩衝的方式著地而已。」

基伯爾蹲在地上摀著右腳踝，懊惱地皺起臉，卡修擔心地上前查看。

「小傷罷了……《天使的施——》」

眼看氣忿的基伯爾，就要衝動地唱出法醫咒文，此時……

「不可以。」

瑟希莉亞一溜煙地跑過來，用食指封住了基伯爾的嘴。

「不可以處理得那麼草率！交給我吧。」

「什麼——!?」

基伯爾反射性地和瑟希莉亞保持距離。

「不、不用多管閒事！這點小傷我自己就可以——」

「就算不痛了，扭傷的地方還是沒有根治。以後舊傷會常常復發喔？」

「嗚……」

瑟希莉亞不等語塞的基伯爾反應，不疾不徐地脫掉基伯爾的靴子，以冷氣的咒文冷卻有些腫脹的腳踝，細心地纏上繃帶。

「呵呵，你是我在這堂課第一個治療的傷患。」

「……還真不好意思啊……」

雖然臉上掛著不是滋味的表情，但就連向來言詞辛辣的基伯爾，此時也一反常態，表現得非常老實。

然後——

「《慈愛的天使・帶給傷者安寧・伸出您的援手吧》——」

瑟希莉亞用心地唱出法醫咒文後，基伯爾的腳踝瞬間消腫了。

「……!?」

「居然只需這麼短的時間……好神奇……」

見識到瑟希莉亞那層次和自己完全不同的技術，基伯爾和卡修都瞪大了雙眼。

「繃帶暫時不可以解開喔？放心吧，我使用了不會妨礙你行動的纏繞方式。不要做太激烈的動作喔。」

瑟希莉亞滿臉笑容。

「……謝、謝謝……老師……」

基伯爾看也不看瑟希莉亞，自顧自地喃喃道謝後，神色倉皇地和卡修離開了。

「喂，基伯爾……你的臉怎麼會那麼紅啊？……哈～哈？該不會你喜歡那種年紀比自己大的大姊姊吧～？」

「少、少囉嗦！誰喜歡了！快點來比下一場吧！別以為還能像上一次那樣幸運！」

兩人一邊鬥嘴一邊離去，瑟希莉亞笑盈盈地目送他們的背影……

只見她突然膝蓋一彎，當場癱坐在地。

「……看來……我似乎到此為止了……」

「瑟、瑟希莉亞老師──!?」

葛倫急忙衝上去，扶起面無血色的瑟希莉亞。

她翻起白眼，露出驚悚的虛脫表情，看起來靈魂快從嘴巴出竅了。

「……我燃燒殆盡了……」

「也、也太快就碰到極限了吧!?怎麼這麼快!?上課才開始十分鐘，而且只治療了一名傷患而已耶!?」

「果然……離開醫務室，頂著大太陽走了這麼遠的路，傷害實在太大了……對我來說就像挨了猛烈的重拳一樣……」

「妳也虛弱得太誇張了吧!?」

葛倫不動聲色地偷瞥了後面一眼。

（不妙，潔西卡女士都看見了……她一直盯著猛瞧──！）

見潔西卡雙手盤在胸前，投來冷漠的眼神──

「頭暈啦！她只是站起來時，突然一陣頭暈而已，好得很呢——————！」
明明潔西卡也沒有多問，葛倫就作賊心虛地大聲找藉口。
「問、問題是現在該怎麼辦!?瑟希莉亞老師很明顯已經瀕死了……這種狀態下，她無法繼續以法醫師的身分觀摩授業……」
這時——
「葛倫老師……事到如今也只能使出最後手段了……咳、咳……包、包包……請你去拿放在我包包裡的小瓶子……」
「包包?小瓶子？」
葛倫打開放在瑟希莉亞身旁的包包。裡頭滿滿都是裝有著詭異顏色液體的小瓶子。
「這、這是……？」
「那、那是加入了滋養強壯劑……營養劑……精神藥物、興奮劑……等各種藥物……動用我所有魔術藥學知識調製而成的……特製藥水……」
葛倫滿頭大汗，凝視著那些神秘藥水。
「效果是？」
「……恢復精神。」

「這肯定是危險藥物吧？」

「……是很危險。」

兩人之間瀰漫著一股難以言喻的沉默。

「不好啦不好啦……太冒險了……」

葛倫搖頭，準備把包包關起來，但……

「求、求求你了，老師……！」

瑟希莉亞用頻頻顫抖的手，抓住葛倫的手，泫然欲泣地哀求他。

「我……我不想……就這樣放棄……夢想……！我希望母親……可以認同我……有能力獨當一面了……所以……！」

儘管瑟希莉亞看似意識朦朧，可是她的眼神仍充滿了堅定的意志。

那是不容任何人踐踏，靈魂所綻放出的璀璨光輝……太陽的意志。

（真是……我身邊的女性也都太堅強了吧……）

葛倫莫可奈何，朝堅持的瑟希莉亞嘆了口氣。

「……好吧。我馬上餵妳喝藥水。」

「謝謝……你……」

「妳可千萬別死喔……？」

於是，葛倫輕輕地托起瑟希莉亞的下巴，把瓶口湊在她半開的嘴巴，慢慢注入詭異的液體……

「咕嘟、咕……咳噗!?嗯嗯嗯～～!?喔吼喔喔喔喔喔喔喔喔喔喔──！」

不知道是喉嚨發燙，還是味道太刺激，瑟希莉亞眼睛瞪大到彷彿眼眶都要裂開了。可是，瑟希莉亞依然強忍著痛苦，把藥水嚥了下去……

「忍……忍耐一下……加油啊……！瑟希莉亞老師！」

葛倫臉上充滿了糾結與苦惱，以祈禱般的表情，繼續餵瑟希莉亞喝藥……然後──

好不容易喝光了藥水的瑟希莉亞，猛然站了起來……

「嗚哈ｗｗｗｗｗｗ力量源源不絕地湧現了──ｗｗｗｗｗ」

瑟希莉亞情緒亢奮到極點，面露如盛夏的豔陽般熱力四射的笑容，以怪裡怪氣的聲音大叫：

「身體好輕盈ｗｗｗｗ我ｗｗｗｗ※已經沒什麼好害怕了ｗｗｗｗｗ※真是ＨＩＧＨ到不行啊──ｗｗｗｗｗ」（編註：分別出自動畫《魔法少女小圓》跟漫畫《JOJO的奇妙冒險》的名台詞。）

「……完蛋了。」

葛倫已經不曉得該拿她怎麼辦了。

就在這個時候——

「不好意思，瑟希莉亞老師。琳恩受傷了……咦……？」

前來求援的西絲蒂娜，看到瑟希莉亞判若兩人的模樣，不禁啞然失色。

「ＯＫｗｗｗｗ知道了ｗｗｗｗｗ※事件不是發生在醫務室ｗｗｗｗｗ而是在現場ｗｗｗｗ嗚咻喔喔喔喔喔——！」（編註：出自日劇《大搜查線》的名台詞。）

瑟希莉亞朝琳恩飛奔而去。那充滿活力的模樣，讓人難以相信她是整天病懨懨的瑟希莉亞。

「那、那是什麼情況……？」

葛倫默默地拿起那個看起來就很像毒藥的藥瓶，讓臉頰抽搐的西絲蒂娜看。西絲蒂娜看了之後，大致猜出發生了什麼事情。

「怎、怎麼辦呀……？這樣下去，瑟希莉亞老師會……」

「也不能怎樣。瑟希莉亞老師已經下定決心要撐下去……所以我們也只能盡可能別再讓她繼續使用那種藥物了……！」

「就、就算老師你這麼說……難免還是會有人受傷呀——!?」
「既然如此，盡可能減少傷患出現就好了吧——!?」
只在葛倫帶著駭人的表情，拔腿朝正在認真進行魔術戰訓練的學生們衝去——

「《雷精的紫電啊》——!?」
「嗚哇——!?」
眼看羅德擊發的雷閃，就要直接命中凱的時候……
「危險——!?」
葛倫突然從旁闖入，用肉身保護凱。
啪嘰啪嘰啪嘰啪嘰——!?
「嗚呀啊啊啊啊——!?」
慘遭觸電的葛倫，應聲趴倒在地。
「老、老師！」
「喂、喂，我說羅德啊……你會不會太下手不知輕重了……剛才那一發咒文，未免注入太多魔力了吧？假如同學中招，可是會毫無防備地硬生生倒下的喔……？」

「啊……對不起……」

就在羅德彎腰道歉時──

「《強大的風啊》──!?」

「呀啊啊啊啊啊啊──!?」

只見在另一處地點的溫蒂，整個人被強風高高吹起──

「豈・能・讓・妳・掉・下──!?」

葛倫魔力全開，發動白魔【體能爆發】，以猛烈的速度，從後追趕在空中飛舞的溫蒂──

「嗚喔喔喔喔喔喔喔──!?※Ｆｉｇｈｔ──一發──!?」（編註：出自力保美達廣告的標語。）

葛倫以公主抱的姿勢，在半空中接住溫蒂，旋即往地面墜落，接著身體像橇一般，隨著「滋沙沙沙沙──！」的聲響在地面滑行。

「呼……妳沒事吧？」

「嗯、嗯……多虧老師，我身上沒有任何擦傷……」

「不行！那些傢伙的冷氣系咒文用得太凶了！這樣下去會凍傷的！告辭了！」

葛倫拋下在他懷裡微微漲紅了臉的溫蒂，接著趕往下一個可能會有傷患出現的地方。

「嗚喔喔喔喔喔喔喔喔──!?」

葛倫在遼闊的競技場東奔西跑，四處支援學生，極盡所能避免有人受傷。

理所當然地，葛倫自己因為受到砲火波及的影響，漸漸遍體鱗傷──

「《慈愛的天使・帶給傷者安寧・伸出您的援手吧》──!《慈愛的天使・帶給傷者安寧・伸出您的援手吧》──────!」

不過，葛倫一邊四處奔波，一邊不斷向自己施展法醫咒文，完全不給瑟希莉亞有機會插手。

「老、老師……」

「居然為了瑟希莉亞老師，做出這麼大的犧牲……」

西絲蒂娜和魯米亞都被葛倫的身影感動得忍不住落淚。

不過，即便葛倫做出了如此大的犧牲奉獻，也無法完全防止傷患出現──

「※你……已經痊癒了。」（編註：改自漫畫《北斗神拳》的名台詞「你已經死了」。）

咚！瑟希莉亞擺出充滿世紀末霸者風格的奇特姿勢。

「也太神了吧！明明老師只是用手指頭戳了一下而已!?」

「不愧是瑟希莉亞老師!?」

「可惡————！慢了一步————！」

「各位同學！凡是受傷的人，都可以儘管來找我！應該說，我鼓勵你們努力受傷！啊呀哈哈哈哈哈哈哈哈哈————！」

「算我拜託妳了，瑟希莉亞老師，不要再亂來了————!?」

葛倫的努力宛如泡影。

課程就在雞飛狗跳的狀況下，持續進行下去——

「彷徨失措的受傷羔羊們，快來到我的面前吧。我會治癒你們全部。我是阿爾法，也是歐米伽；是開始，也是終結。我將要從生命水的泉源，把水無償地賜給乾渴的人——」（咕嘟咕嘟）

「瑟希莉亞老師，妳不能再喝了————！」

瑟希莉亞無法停止服用那個危險的藥物——

然後——

「就樣就沒問題了……呵呵，好好保重喔。」

「謝謝瑟希莉亞老師……」

完成治療的學生們彎腰行禮後，回去繼續上課。

瑟希莉亞面帶親切的笑容，目送學生的背影離去。

「呼……法醫師的工作果然不輕鬆呢……」

瑟希莉亞終於感到疲勞，用手擦掉額頭上的汗水，吁了一口氣。

「妳很拚命嘛……瑟希莉亞。」

突然，瑟希莉亞的背後響起一道有些沙啞的女性嗓音。

瑟希莉亞下意識地轉頭一瞧……

「外婆!?」

站在她身後的，是一個面帶溫柔微笑的老婆婆。

「原來不只是母親，外婆也來了嗎！」

一看到最喜歡的外婆，瑟希莉亞不禁開心地笑了。

「呵呵呵……瑟希莉亞，妳今天的努力，我全都看在眼裡喔……」

「真、真的嗎……總覺得很難為情呢……」

「可是呢，瑟希莉亞……我的寶貝孫女……妳不需要那麼急著想做出成績。雖然潔西卡跟我一樣，個性很頑固……可是，她總有一天會認同努力的妳……」

「是……這樣嗎……？」

「當然了。妳要相信自己，瑟希莉亞……」

「好的……外婆。」

外婆過去曾跟潔西卡一樣，是位超一流法醫師。能獲得外婆的稱讚，瑟希莉亞感到很驕傲，可是……

「……我有個疑問，外婆。」

「什麼事？瑟希莉亞。」

「外婆妳怎麼會出現在這裡呢？我記得外婆妳在五年前就去世了……」

「瑟希莉亞老師——!?妳快回來啊啊啊啊!?」

葛倫扶起在地上躺成大字狀的瑟希莉亞，啪啪啪地拍打她的臉頰。

「……嘀嘀咕咕……外婆……我也想……去妳那邊……嘀嘀咕咕……」

「妳到底看到什麼了!?不可以到那邊去啦!?」

魯米亞拚命向頻頻夢囈的瑟希莉亞施放法醫咒文。

其他學生也擔心起瑟希莉亞的情況，紛紛圍上來查看，這時——

「——嚇！這、這裡是……？」

瑟希莉亞突然甦醒了。

「醒了嗎!?太、太好了。」

「……外婆說……我現在去她那邊還太早了……」

「雖然不太清楚是什麼情況，總之外婆幹得好啊！」

剛醒來的時候瑟希莉亞迷迷糊糊，似乎不清楚發生了什麼事，過了一會兒後才慢慢掌握自己所身處的狀況。

「……是……這樣子嗎……我……果然還是不支倒地了……」

「沒錯。妳太過度操勞了……」

「呃……這堂課已經……？」

「嗯，已經結束了。」

葛倫尷尬地回答。

「是……嗎……」

就在瑟希莉亞感到遺憾，意志消沉時——

「結果已經出來了。做好回故鄉的準備吧，瑟希莉亞。」

潔西卡那冷漠不留情面的聲音，從她身後響起。

「我會幫妳處理好各種手續的。」

「母親，拜託不要……我……」

雖然瑟希莉亞向潔西卡投以苦苦哀求的視線，但……

「認清現實吧，妳就是做不到。」

潔西卡斬釘截鐵地宣判了死刑，瑟希莉亞再也說不出話。

「…………」

實際上，自己確實沒有做出成績。瑟希莉亞只能垂低著頭，神情落寞地呆站在原地。

一股彷彿要教人窒息的沉默，籠罩著葛倫和學生們。

「咦？瑟希莉亞要離開了嗎？真捨不得……」

梨潔兒喃喃自語似地說道，沒有人能開口回答她的疑問。

於是，潔西卡撇下瑟希莉亞和學生，姿態颯爽地離去了……

半路，她突然停下腳步。

「……嗚……咕……!?」

定睛一瞧，潔西卡正發著抖摀住胸口……露出痛苦扭曲的表情。她的臉瞬間面無血色，此外還流了滿頭大汗。

「不……會吧……？」

「……母親？妳怎麼了？」

瑟希莉亞詢問情況不對勁的潔西卡。

「不、不……沒……什麼……！」

潔西卡搖頭拒絕後，往前跨出一步，準備離開，然而……

「──嗄……」

只見潔西卡的身體突然失去平衡，下一秒便應聲趴倒在地上。

情況明顯非比尋常。

「呀啊啊啊──!?母親!?振、振作一點!?」

看到自己的母親、同時也是師父，身體突然出現異變，瑟希莉亞頓時失去冷靜，急忙趕到潔西卡身邊把她從地上抱起來；可是潔西卡已經失去意識，毫無反應。

「妳、妳在做什麼？瑟希莉亞老師!?用力搖晃重病患者是大忌啊──」

「母親！母親——!?」

或許是沒聽見葛倫的聲音，瑟希莉亞只是搖頭哭喊。

「可惡……現在的瑟希莉亞老師已經失去冷靜了！魯米亞！」

「好、好的！」

接到葛倫的指示後，魯米亞來到倉皇不知所措的瑟希莉亞身旁，照看潔西卡的狀況。

「怎麼樣!?妳能判斷出什麼嗎!?」

「好驚人的脈搏數……體溫也高得嚇人……而且生體瑪那的流動好像有異常……?不、不好了……這應該不是單純身體不舒服……潔西卡女士恐怕原本就罹患有嚴重的疾病……！」

「所以說……?」

「這個病症已經超出我的能力範圍了……如果說有誰可以治得好……」

魯米亞瞥了旁邊一眼。

「啊……啊啊啊啊……怎、怎麼會……為什麼……?不……我不要，母親……！快點睜開眼睛！」

魯米亞的視線停留在含淚發抖的瑟希莉亞身上。

「問題是，依她現在的狀態……」

「…………！」

葛倫一臉糾結，定睛注視慌亂失去冷靜的瑟希莉亞。

過了不久，他下定決心，靠近瑟希莉亞……

然後──

「抱歉，請原諒我。」

啪！──那道聲響讓四周忐忑不安的學生，同時倒抽了一口氣。

那是個痛苦的決定。葛倫輕輕打了瑟希莉亞一巴掌。

「葛倫……老師……？」

瑟希莉亞回過神，被那個舉動嚇傻的她，凝視著葛倫。

「……清醒了嗎？現在不是自亂陣腳的時候，老師。不管怎麼樣，現場有能力拯救潔西卡女士的，也只有妳一人了吧？」

「…………」

「妳不是想救更多人嗎？如果妳現在連自己的老媽都救不了，還談什麼夢想？別怕，我相信妳一定可以做得到！我們也會傾全力幫忙的！」

「沒、沒錯！」

西絲蒂娜也隨口附和。

「假如治療需要儀式等級的大魔術，我們可以提供魔力給瑟希莉亞老師！對不對，大家？」

西絲蒂娜轉頭徵求其他同學的附和——

「噢、噢！當然了！」

無論是卡修……

「畢竟我們平常老是受到瑟希莉亞老師照顧，老師有困難，當然要鼎力相助了！」

還是溫蒂……

「真是的。如果真的要動手，就快點行動吧，別再拖下去了。」

甚至是基伯爾……

就連其他學生，也義不容辭地向瑟希莉亞點點頭。

瑟希莉亞目瞪口呆地注視著那些學生，眼睛逐漸重新綻放出理智的光輝。

「……抱歉，我不小心自亂陣腳了。沒錯，我是為了盡可能拯救像那樣的病患，才——」

瑟希莉亞做了一口深呼吸。

「我要對母親進行法醫診療了……各位同學，請你們把力量借給我吧。」

瑟希莉亞毫無保留地發揮了所有的知識與技術，利用各種魔術的檢查手段，為潔西卡的身體看診。

然後——

——醫務室。

「……嗚……嗯……？」

被抬到病床上休息的潔西卡，意識漸漸清醒。

「啊！妳醒了嗎？母親！太好了……」

一直守在病榻旁的瑟希莉亞，終於鬆了一口氣。

潔西卡的腦袋一片空白，過了好一陣子，她才釐清自己身處的狀況，慢吞吞地坐起身。

「是嗎……原來我昏倒了……本來以為身體還能再撐一段時間的……看來我也上年紀了……」

潔西卡悶悶不樂地嘆氣。

「妳得的是魔術性疾病『枯竭症』……母親，妳太過勞了……」

瑟希莉亞擔心著潔西卡是否會受到打擊，唯唯諾諾地說道。

在極短時間內使用大量魔術，容易引發名為『瑪那缺乏症』的魔術疾病，如果長期劇烈消耗魔力，讓自己經常處於快要得『瑪那缺乏症』的狀態，則會讓身體變成容易流失瑪那的體質。也就是做為儲存魔力的靈能容器——乙太體，會變成有破洞的狀態。一旦變成這種體質，就算沒有使用任何魔術，有時候也會發生瑪那突然迅速從身體流失的情況。

那就是所謂的『枯竭症』。發病後如果沒有立刻接受法醫治療，甚至有可能會喪命，屬於非常嚴重的疾病。

「奇怪了……『枯竭症』發病的機率並不高，可是一旦發病，處理起來非常棘手……必須施行心靈手術，填補乙太體的破損靈穴，同時補充大量的魔力……難道妳完成了如此高難度的大儀式……？」

「……是的。」

瑟希莉亞淡然地點頭。

「是嗎……妳的實力提升了呢……」

「這並不只是我一個人的力量。除了葛倫老師和魯米亞同學自願擔任助手協助外……其他學生也都大方捐獻出自己的魔力輸送給妳，他們自己都快得到瑪那缺乏症了。」

「……看來妳深得師生的信賴呢。」

潔西卡端詳瑟希莉亞的臉。瑟希莉亞的臉上浮現濃厚的倦色。

畢竟她剛完成修補乙太體這種儀式級的心靈手術，會感到身心疲憊也是理所當然的。

再者，那是需要消耗大量魔力的大儀式魔術。稍有差錯，就連瑟希莉亞自己都會有生命危險。

可是，完成了心靈手術的瑟希莉亞，臉上顯露出微笑。

見潔西卡平安無事，她開心到眼淚奪眶而出。

（……我以前也像她一樣。認為憑自己的手拯救人命……就是最開心的事情了……只要能救人，就算失去性命也無所謂……）

潔西卡從瑟希莉亞展現出的身影和型態，看到女兒身為法醫師的光輝，也看到了當年的自己，那耀眼得幾乎教她無法直視。

「……妳果然跟我年輕的時候一模一樣。跟當年不顧一切只為救人的我如出一轍……」

「……咦？」

潔西卡向一臉納悶的瑟希莉亞輕描淡寫地說：

「所以我才希望讓妳受到我的監督，不過……好吧，瑟希莉亞。妳想怎麼做，由妳自己決定。去過能讓妳感到滿足的人生吧……我當年也是這樣。而且我不曾感到後悔。」

儘管那個口氣聽起來十分冷淡，不帶什麼感情，可是潔西卡的臉上掛著微笑。

「母、母親？妳的意思是……？」

「沒錯。我放棄帶妳回故鄉了。妳已經是獨當一面的大人，我會尊重妳的意願。況且這裡似乎有很多人需要妳呢……只是……」

潔西卡突然臉色一沉，向瑟希莉亞投以懇求似的眼神。

「妳一定要保重身體……千萬不要讓自己硬撐……知道了嗎？瑟希莉亞……」

潔西卡一直以來總是戴著嚴厲的鐵血女面具，此時首次露出了充滿母愛的表情。

「是……是的！母親……」

瑟希莉亞噙著眼淚，點頭答應。

「呼～本來還很擔心結果會怎樣……看來應該是圓滿收場了，幸好……」

「是啊，一點也沒錯……」

葛倫和西絲蒂娜等人在醫務室一角，面露如釋重負的表情，關注著這對母女。

不久，瑟希莉亞結束和潔西卡的對話，笑嘻嘻地走到葛倫面前。

「葛倫老師！我辦到了！」

「哈哈哈，恭喜妳啊。」

看到瑟希莉亞開心的模樣，葛倫也不禁破顏微笑。

或許是情緒太興奮的關係，瑟希莉亞突然用雙手握住葛倫的手用力上下搖晃，一副樂不可支的模樣。

「我能成功，都是托葛倫老師和大家的福！真的非常感謝你們！」

「不，是瑟希莉亞老師本身有實力。我們做的事情根本不足掛齒……」

「快別這麼說！如果不是因為你們——」

「瑟希莉亞老師，不可以啦。太過激動的話——」

葛倫帶著苦笑，想要提醒興奮過頭的瑟希莉亞冷靜一點。

就在這個時候——

「咳噗哈啊啊啊啊——!?」

瑟希莉亞口吐一大灘血……

啪嚓！嗶嗒嗶嗒——！

血把葛倫的臉染成了紅色。

看來她在各方面似乎都已經到極限了。

「瑟、瑟希莉亞老師——!?」

「……外、外婆……我辦到了……我馬上就去找妳……」

「不可以死啊啊啊啊──!?」

瑟希莉亞「碰！」的一聲，不支倒地。

原本眾人沉浸在感動的餘韻之中，如今氣氛急轉直下，現場陷入天翻地覆的大騷動。

「那孩子果然還是讓人放心不下呢。」

潔西卡按著太陽穴，無奈地嘆了口氣。

狂王的試煉

Trial of the crazy king

Memory records of bastard
magic instructor

某個晴朗的日子。

校舍外——位在阿爾扎諾帝國魔術學院校地內的某個場所。

「——大家都聽清楚了吧！」

葛倫向聚集在場的二班學生們宣布。

「今天要上的是『魔導探索術』的實習——你們去那個洞窟遺跡，進行探索調查吧！」

葛倫指著一處上頭長滿了青苔的岩石斷崖，下方有一個人工洞窟的寬大入口。

那個洞窟是阿爾扎諾帝國魔術學院管理的校內古代遺跡之一。

「針對古代的超魔法文明……魔術和魔法遺產，所進行的調查和研究通稱『魔導考古學』，對於志在魔術發展和真理探究的魔術師而言，是一門不可或缺的經典題目！」

葛倫那聽起來有幾分熱血的演說，在森林裡反響。

「有鑑於古代研究的性質，想研究『古代考古學』，勢必得親自走訪古代遺跡。可是呢……」

話鋒一轉，葛倫的表情變得有些可怕，繼續接著說道：

「蠻荒之地、凶猛的魔獸、斷人去路的機關與陷阱、令人眼花撩亂的迷宮……遺跡探索的危險程度超乎你們的想像。有意挑戰的魔術師，必須熟悉各種狀況的對應方法。」

學生們個個揹著裝滿了遺跡探索所需的必要道具和物資的背包，面露有些緊張的表情，專心傾聽葛倫的發言。

「不是只有這樣而已。製作地圖、確保照明、在周圍索敵、探知陷阱與機關、解讀碑文，以及戰鬥……『魔導探索術』涵蓋了所有魔術師在探索時，必須具備的知識與技術。考驗各種魔術技能與知識的綜合技術——講白了，就是考驗一個魔術師做為智者的力量。」

葛倫環視著學生竊笑。

「今天的探索實習，目標就是透過『魔導探索術』，幫助你們提升身為魔術師的實力！……有問題現在可以提出。」

於是，學生當中留了一頭美麗又柔軟的金髮，外表溫柔善良的少女——魯米亞，畏畏縮縮地舉手了。

「請問，老師……這個洞窟遺跡真的沒有危險嗎？即使是實力不成熟的我們，也能放心進去探險嗎？」

其他學生似乎也抱有相同疑慮，大家都忐忑不安地點頭，附和魯米亞的疑問。

「呵，放心吧。這個洞窟呢，原本就是學院為了方便學生進行探索實習所管理的訓練用遺跡。裡面不可能存在足以威脅性命的危險，所以儘管放一百個心吧。」

「是這樣嗎？太好了。」

聽了葛倫的回答後，魯米亞放心似地鬆了口氣，面露微笑。

「一想到萬一又像以前一樣發生奇怪的事，我就很焦慮不安。」

「不……快點忘掉『塔姆天文神殿』的事件吧……那種事不是隨隨便便就能碰上的。真的。」

葛倫想起上個月探索某個遺跡時所碰上的奇妙事件，露出了感觸良多的眼神。

「總、總而言之！你們就照事前分配好的隊伍，以自身的判斷和裁量進去那個洞窟探險！知道了嗎!?」

「「「好～」」」

「好，現在我們來重新確認這次探索實習的規則！每個隊伍在洞窟進行探險時，必須製作地圖，並且尋找分布在洞窟內部各處的檢查點，然後往終點邁進！另外，還有一件絕對不能忘記的重要事情，如果在洞窟內發現『黃金苔』，一定要記得將它採收回來！」

『黃金苔』是一種魔法材料。如名字所示，它是一種會發出金光的苔，可以用來製作各種魔術藥和魔術道具，屬於非常貴重的素材。

「本次實習課的成績評價分為以下四點！①製作完成的地圖精準度！②通過的檢查點數

量！③探索花費的時間！④黃金苔的採收數量！關鍵是第四項！第四項的黃金苔！把重點擺在『黃金苔』就對了！因為占得分比重最高的就是它！不要忘記了喔!?」

這時——

「我有問題。」

會讓人聯想到貓的銀髮少女西絲蒂娜，帶著狐疑的眼神舉手發問。

「第一到第三點還沒什麼太大疑問……問題是第四點……為什麼要那麼執著於回收『黃金苔』呀？」

西絲蒂娜提出的質疑非常合理。

「這個洞窟遺跡由於定期產出『黃金苔』頗具知名度……即使如此，採集『黃金苔』的得分比重比第一到第三點的探索技能還高，這樣的設計，我覺得不太能接受。」

聞言，葛倫的反應明顯不太自然。

「笨、笨蛋!?這有什麼好質疑的！呃、呃……嗯……對、對了，就是那個！會產生『黃金苔』，也就表示該地點空氣中的外界瑪那濃度很高！所、所以說，我想要回收黃金苔收集分布資料，然後透過利用魔導演算器進行回歸分析之類的動作，從而正確估算出遺跡內的靈脈或是靈絡之類的流動，我抱著的就是如此崇高的學術性目的——」

只見葛倫整張臉汗如雨下，滔滔不絕地自圓其說。

「──總、總而言之！我和單純只是探索的你們不一樣，我是從更為高瞻遠矚的魔術師角度，面對這場探索實習的──!?」

然而，不以為然的西絲蒂娜，冷冷地瞥了這樣的葛倫一眼，表示：

「說到這個，我在前幾天的報紙看到……聽說魔術品市場目前因為『黃金苔』缺貨，所以市面上的販售價格大幅飆漲了對吧……？」

「咦咦咦咦──!?騙人，真的嗎──!?這消息我還是第一次聽說耶──!?」

「……雖然很令人難以置信……不過老師該不會是想利用我們採集『黃金苔』，然後再拿去賣錢吧……？」

「好，實習開始！實習開始──！你們還不快點深入地下迷宮！」

作賊心虛的葛倫啪啪作響地拍手打斷話題，催促學生行動。

理所當然的，班上的學生個個露出了傻眼的表情。

「……葛倫。找到『黃金苔』你就會高興嗎？」

唯獨藍髮的嬌小少女梨潔兒完全搞不清楚狀況，怔怔地抬頭仰望葛倫。

「噢、噢！沒錯！如果能找到很多『黃金苔』的話，我就可以發大──我的魔術研究就能有突破性發展了！」

「嗯，我知道了。」

梨潔兒面無表情地，點頭回應聲音尖銳得很不自然的葛倫。

「雖然我不是很懂……不過我會為了葛倫努力收集『黃金苔』的。」

「是、是嗎？呼！加油吧，梨潔兒！期待妳的好表現！」

「……嗯。看我的。」

被葛倫摸頭稱讚，梨潔兒眯起眼睛，似乎覺得很開心。

「那樣子簡直是被爛男人欺騙，還為他做牛做馬的可悲女生嘛……」

西絲蒂娜除了嘆氣也莫可奈何了。

「……以後我們一定要盯緊梨潔兒，免得她被奇怪的男人拐走……」

「啊、啊哈哈……」

見西絲蒂娜翻起白眼，魯米亞也只能露出曖昧的笑容。

「唉……老師又來了。」

「真是的。我才懶得管那麼多，可以進去洞窟了嗎？」

「耶！姑且不管『黃金苔』，終於可以冒險了——————！」

「嗚嗚……好緊張喔……」

溫蒂、基伯爾、卡修、琳恩等其他學生，也懷抱著各自的感受。

「好！探索開始！首先由卡修率領的A小隊進入洞窟！十分鐘後，換基伯爾率領的B小隊！再過十分鐘後換C小隊，以此類推，大家輪流出發！」

本次的遺跡探索實習授業，就在這樣的情況下，正式揭開了序幕。

——然後。

當學生以三、四人為一組，以十分鐘為間隔分批陸續進入洞窟時……

『…………』

有個可疑的人影，躲在遠方岩石後面。那個人面露竊笑，偷偷地監視著他們的一舉一動……

到頭來，葛倫等人完全沒有發現那個謎之人影的存在。

——另一方面，在洞窟內。

「太好了！率先過關的是我們這一隊！」

「開玩笑！是我們才對！」

先行進入洞窟的隊伍學生們，個個鬥志激昂，英勇地展開了探索……

然而，充滿熱血活力的景象，一下子就轉變成了鬼哭神號的地獄繪圖。

「呀————!?魔力被吸走了————!?」

「嗚啊……我、我被麻痺針刺中了……」

「有地洞————!?」

「呼……呼……萬一我死了……麻煩幫我把藏在房間床下的書刊……默默拿去處理掉……」

「魯耶爾————!?」

有勇無謀地在洞窟橫衝直撞的學生們，立刻遭到設置在裡面的各種陷阱洗禮。

這個洞窟遺跡原本就是做為學生訓練之用，所以四處都設置有這一類的機關。

「真是的……你們已經忘了老師教過的探索基本功嗎？」

西絲蒂娜踏過滿地同班同學的屍體，忍不住嘆氣。

「啊，梨潔兒，不可以踩那裡喔……根據這個反應……那裡應該有睡眠的魔術陷阱。」

西絲蒂娜、魯米亞、梨潔兒……這組由老成員的三名少女組成的隊伍，以西絲蒂娜為首，一邊施展探索魔術，一邊小心翼翼地朝洞窟深處挺進。

叩、叩、叩……

西絲蒂娜等人的腳步聲持續在洞窟內反響。

無論是地板、牆壁、天花板，洞窟內的通道都鋪滿方塊磚，漆黑得幾乎伸手不見五指。再加上路線錯綜複雜，使洞窟內部形同一座迷宮。

在丁字路口右轉，走下樓梯，經過小房間……西絲蒂娜等人以暗中摸索的方式，一路探索下去。

「這裡是……？」

發現不對勁的西絲蒂娜，倏地停下了腳步。

她舉起發動了黑魔【火炬之光】的手指，讓亮光照向前方的通道。

前方是一條描繪有古代壁畫的筆直通道。這條通道彷彿直達深淵般，漫長得完全看不到盡頭。

「妳覺得呢？西絲蒂。」

「……這條通道感覺很可疑。」

魯米亞使用測量魔術仔細地描繪地圖，同時詢問西絲蒂娜，西絲蒂娜則面露嚴肅的表情回答。

喀哩喀哩、喀哩喀哩……

三人背後突然傳來了這樣的聲響。

「總之，我們先奉行基本原則吧。」

「嗯，說的也是。」

西絲蒂娜和魯米亞分工合作，接連詠唱探索系的咒文。

黑魔【地理空間感知】。掌握空間的魔術。釋放微弱的音波，藉由反射音波，以魔術的方式探測近距離範圍內的通路構造。

黑魔【精準瞄準器】。遠距離觀察的魔術。透過對光的操作，可以自由地把視覺延伸到遠方。

白魔【搜索陷阱】。探知陷阱的魔術。凡是陷阱，設置者帶有攻擊性的惡意，都會殘留在空間中。而這個魔術就是以捕捉惡意的方式，察知陷阱的存在。

…………

喀哩喀哩、喀哩……

「……空間果然扭曲了。前面是無限輪迴。即使往前走，也只會被送回到原地。」

西絲蒂娜一起檢討了自己和魯米亞的魔術調查結果後，做出這個結論。

「嗯……難道前面這條路不是正確的道路嗎……？」

魯米亞感到懷疑。

「不，以構造來說，前面這條路如果不能走就不合理了。至少會有一個檢查點在裡面才對。」

西絲蒂娜盯著魯米亞製作的地圖如此說道。

「該不會……？」

西絲蒂娜突然靈機一動，詠唱了魔力感應的咒文——黑魔【偵測魔力】。這是一種偵測魔力痕跡，調查現場有沒有魔術力量存在的魔術。

（……果然有反應。）

西絲蒂娜仔細地追查隱匿得十分巧妙的魔力痕跡，伸手觸碰附近的牆壁，慢慢滑動。

喀哩喀哩……喀哩喀哩……

然後——

「……找到了，就是這個！」

乍看下雖然只是一般的壁畫，可是由可檢測出的魔力形狀來看，那裡確實描繪著肉眼無法看見的法陣。

「這個很可能就是創造出無限輪迴的魔術陷阱！」

「所以只要對它解咒就行了……？」

「沒錯，我們就能繼續前進了！」

識破了陷阱的成就感，讓西絲蒂娜喜上眉梢，接著準備著手用黑魔儀【消去之術】解除陷阱。

然而——

（……等一下。會不會太簡單了……？有可能這麼輕鬆就能破解嗎……？）

「怎麼了？西絲蒂？」

西絲蒂娜突然停止解咒作業，魯米亞詫異地注視著她的側臉。

（愈想愈奇怪。照這樣看來，陷阱的危險度跟【搜索陷阱】的結果有些出入……難道……）

西絲蒂娜取消解咒作業，改唱白魔【感官提升】，讓身體的五感變得更為銳利。

撇下滿頭問號的魯米亞，西絲蒂娜豎起耳朵，敲打四周的牆壁仔細調查……

喀哩……喀哩喀哩……

——半晌。

「原來如此……是這麼一回事啊！」

西絲蒂娜突然用力按壓某面牆壁。

喀嚓……該面牆壁就像門一樣和旁邊分離，被西絲蒂娜推開了。

「太好了！」

成功發現新的通道後，西絲蒂娜興奮得擺出勝利姿勢。

「果然法陣只是障眼法！嗚哇，太變態了！愈是想要以解咒的方式突破，愈是會讓自己陷入更深的泥沼呢，好可怕的機關！」

「隱藏門!?這樣居然也能發現，妳真的太了不起了，西絲蒂！」

「呵呵……接受過祖父的訓練就是不一樣！這點程度的解謎對我來說簡簡單單啦！」

魯米亞目瞪口呆，西絲蒂娜則得意地笑了。

「呵呵，妳好像很開心呢，西絲蒂。」

「還好啦！畢竟『魔導探索術』是魔導考古學的必須技能……像現在這樣探索，讓我有種離夢想愈來愈近的感覺……」

西絲蒂娜喜形於色地回答後，魯米亞笑盈盈地開口了：

「……這樣的話，妳得跟老師道謝喔？因為老師為了這一堂課，從好幾天前就在認真準備了呢。」

魯米亞說的沒錯，在上這種特殊課程以前，葛倫為了避免學生受傷或被捲入意外，就算滿腹牢騷，還是會將事前準備做得十分周到。這次的探索實習也不例外。

「說到這個……老師為了收集我們在這場探索會使用的物資，以及自己事先進來探索，已經好幾天沒回家了呢……」

「對呀。」

「姑、姑且不論那傢伙別有居心的企圖……單就他總是為了我們努力付出這一點……那個……我們是可以感謝他啦……」

就在西絲蒂娜滿臉羞紅，正要大方地稱讚葛倫時……

『太爽了吧——！居然有這麼多的「黃金苔」——————!?』

喀哩喀哩喀哩喀哩——！

葛倫的歡呼聲和彷彿興沖沖地在挖掘什麼東西般的聲響，從洞窟其他地方反響，傳進了西絲蒂娜她們的耳裡。

看來葛倫為了盡可能地獲得『黃金苔』，也親自進入了這個洞窟。

『呀哈哈哈哈哈——！有了這些，再加上那些兔崽子幫忙收集的，這下我要發大財啦啦啦啦啦——！』

「我要收回前言！那傢伙真的太沒有出息了！」

「啊、啊哈哈……」

喀哩喀哩喀哩……

「哎唷！梨潔兒，妳從剛才就一直認真地收集『黃金苔』，不用再那麼聽話了啦！」

「……嗯？是這樣嗎？」

喀哩喀哩。

從頭到尾沒參與西絲蒂娜和魯米亞的解謎作業的梨潔兒，怔怔地抬起了臉。

梨潔兒從剛才到現在，都忙著用小刀把長在四周牆壁和地板上的『黃金苔』，刮下來放進瓶子裡。

「就是這樣沒錯！不可以寵壞那個笨蛋！」

「呵呵……梨潔兒妳全身都沾到苔了啦。」

「嗯……」

魯米亞把梨潔兒從地上拉起來，掏出手帕幫她擦乾淨。

「好！總之，我們就先探索這條新的通道吧！」

「嗯，說的也是。」

「……我挖到好多苔。」

魯米亞笑著點頭答應，梨潔兒則有幾分驕傲似地注視著瓶中的『黃金苔』，在兩人的伴隨下，西絲蒂娜前往新的領域進行挑戰。

然後——

「……原、原來如此……居然藏有這種機關啊……！」

某人躲在後方轉角，偷偷觀察著西絲蒂娜等人的動靜。那個人就是溫蒂。

「嗚……解了那麼多次咒，還是逃不出無限迴圈，我就覺得奇怪……沒想到還有隱藏門這個盲點！」

溫蒂氣喘吁吁。被迫在同樣的地方反覆兜圈子，令她已經耗盡了體力。

「不能再這樣耗下去了！泰瑞莎！瑟西魯同學！我們立刻跟上西絲蒂娜她們……」

溫蒂重新燃起氣焰，立刻氣勢洶洶地轉身望向身後的隊友——

——然而。

「……奇、奇怪……？」

直到剛剛還跟著溫蒂的隊員，不知何故憑空消失了。

「騙人……他們兩個不見了……？為什麼……？」

當溫蒂因為突發事態而手足無措時……

「叩……」漆黑的通道傳來了細微的腳步聲。

「……咦？」

叩、叩、叩……那腳步聲緩慢而確實地從黑暗深處往溫蒂接近。

「泰、泰瑞莎？瑟西魯同學？還是其他隊伍的人？該不會是老師……吧……？」

對方沒有回話。腳步聲的主人一語不發地朝溫蒂接近。

「咿……」

恐懼瞬間粉碎了溫蒂的意志。她的身體就像遭到五花大綁一樣無法動彈。

「是誰、誰？在那裡的……到底是誰……？」

即使溫蒂要求對方表明身分，腳步聲的主人依然保持沉默。從腳步聲可以明確地感受到的，只有『妳休想逃走』的殺氣——

「啊、啊啊……啊啊啊……!?」

不久，溫蒂指尖上的魔術光源，讓對方的真面目從濃密的黑暗中浮現出來。

只見該名人物向溫蒂伸長了手……

「不要呀啊啊啊啊啊啊啊啊啊啊啊啊啊啊啊啊——！」

溫蒂驚恐尖叫的同時……

魔術的光源咻地熄滅，四周被一片地獄的顏色覆蓋。

時間一分一秒地過去。

在被指定為終點，洞窟最深處的房間裡。

「其他人的動作也太慢了吧……需要花這麼久的時間嗎？」

順利抵達終點的西絲蒂娜發起了牢騷。

「就是說啊……會不會是發生了什麼狀況呢？」

魯米亞也擔心地低喃道。

目前抵達終點的，只有西絲蒂娜、魯米亞、梨潔兒……

「哇哈哈哈哈哈哈哈——！大豐收、大豐收——！」

以及抱著裝滿了『黃金苔』的瓶子，喜不自勝地哈哈大笑的葛倫。

「幹得好，梨潔兒！能採集到這麼多真的是辛苦妳了！」

「讚美我。」

「噢！」（摸摸頭）

「……真的很悠哉耶……」

西絲蒂娜傻眼地走到葛倫面前。

「老師！你不覺得其他同學拖太久了嗎？」

「唉，這麼簡單的探索也過不了關，看來他們還太嫩了啊。」

「再怎麼樣，只有我們三個抵達終點實在太不對勁了！會不會是發生了什麼事……？」

心中有股不祥預感的西絲蒂娜，拚命呼籲葛倫正視問題。

葛倫不耐煩似地猛抓頭，過了一會兒後……

「真拿他們沒辦法……我去看看情況好了……」

葛倫臉上帶著正經的表情站了起來。看來葛倫其實也很擔心遲遲未抵達終點的學生。

「妳們留在這裡休息吧。」

「等一下，老師。請你帶我們一起行動。假如有同學受傷的話……」

魯米亞話還沒說完，這時……

『咯咯咯咯咯……』

房間裡突然響起陰森的笑聲，刺耳地反響著。

「什麼──!?」

不知不覺間，有道詭異的人影出現在房間角落。

那道人影身上穿著破破爛爛的長袍。兜帽裡面原本應該是臉的地方呈現出深淵的顏色，只有兩道鮮紅的眼光在黑暗中鮮明地燃燒著。此外，他渾身還散發出黑色的幽鬼靈氣……

──對方顯然不是什麼尋常人物。

「……你是什麼人!?」

身體不由自主地起了雞皮疙瘩。

葛倫立刻站到西絲蒂娜和魯米亞前面，擺出架式保護她們。

『無禮之輩，居然敢在本王的墳墓放肆……吾乃《狂王》……是這座墳墓的主人……』

令人聽了不寒而慄的嗓音，彷彿是從地獄傳出，不僅侵蝕耳朵，還會啄食靈魂……

「狂、《狂王》……!?」

即使已經嚇出一身冷汗，葛倫表面上還是維持強硬的姿態反問。

「我不懂你在說什麼!?墳墓!?騙誰啊，這裡只是探索練習用的──」

『你們會被詛咒的，愚蠢的人類。願災難降臨在你們身上，無知便是罪。你的學生已經都落到本王手中了——』

「你說……什麼……!?」

葛倫有種彷彿地面崩塌跌入深淵的錯覺。

『咯咯咯……本王會把那些罪孽深重的羔羊的靈魂，拿來當作讓本王的下僕《魔龍》復活的祭品……』

「混、混帳!?不准傷害我的學生——！」

被激怒的葛倫猛地向前一蹬，以迅雷不及掩耳的速度揮拳攻擊《狂王》，然而——

葛倫的拳頭和身體直接穿過了狂王。

「……幻影!?可惡！」

『你們固然是一群愚蠢之輩，不過本王的慈悲之心比海還深，所以給你們一個機會吧……』

轟轟轟轟轟……

葛倫的背後突然傳出了聲響。

轉頭一瞧，只見牆壁分離，出現了一條新的通道。

「什……!?未探索領域!?」

「《王的玄室》……前往本王沉睡的場所吧……如果你們能成功消滅本王……本王就把那群羔羊還給你……!」

單方面撂下狠話後，《狂王》的身影如海市蜃樓般晃動，然後漸漸消失……

『如果你不希望那群羔羊丟了小命……最好不要跟外界求援……!呼哈、呼哈哈哈哈哈哈哈哈哈哈哈哈哈哈哈——!』

就這樣，《狂王》發出刺耳的大笑聲後，拋下茫然不知所措的葛倫等人逕自消失不見。

「啊哇、啊哇哇哇……事、事情嚴重了……!」

回神後，西絲蒂娜臉色鐵青，模樣狼狽。

「可惡!哪來的《狂王》啊!?怎麼沒人告訴我這裡是古代文明帝王的墳墓!?該死，學院那些人眼睛都瞎了嗎!?」

葛倫同樣陷入焦慮。

「話說回來，為什麼每次我們進入遺跡，都會碰到這種事啊？」

「怎、怎麼辦!?老師!不想想辦法的話，大家會被——」

「我怎麼知道該怎麼辦啊——!?」

這時——

「葛倫。」

梨潔兒一臉認真而嚴肅，扯了扯葛倫的袖子。

「這件事很重要……你看。」

「怎麼了!?有什麼發現嗎!?」

然後——

梨潔兒向葛倫遞交出另一瓶裝滿了『黃金苔』的瓶子。

「……苔。我又收集到很多了。快讚美我。」

「妳剛才都沒在理會那個《狂王》，自顧自地在收集『黃金苔』嗎!?也太沉浸在自己的世界了吧!?」

葛倫用雙手扣住處變不驚的梨潔兒，猛烈地左右搖晃她的頭。

「總而言之！我必須去拯救被《狂王》抓走的學生！妳們在這裡——」

乖乖等著——剩下的四個字才剛來到嘴邊。

「「「…………」」」

葛倫發現西絲蒂娜、魯米亞、梨潔兒三人，都以一副欲言又止的模樣注視著自己。

「……不，講這種話就太不識趣了。」

在這艱難的處境下，葛倫還是忍不住莞爾一笑。

「妳們的實力已經連『塔姆天文神殿』都克服了，這次可以請妳們再助我一臂之力嗎？」

「嗯、嗯！那當然了！雖然……有、有點害怕啦！」

「好的。我們同心協力，一起拯救大家吧。」

「……嗯。雖然我不是很懂。」

三名少女紛紛表現出決心。

於是，由於情況急轉直下，葛倫等人為了拯救被《狂王》抓走的其他學生，鼓起勇氣踏入了未探索領域。

一行人以葛倫為先鋒，沿著未探索領域的通道一路挺進。

『大家等著吧。就算犧牲自己的性命，我也一定會救你們。』

葛倫的背影燃燒著不可動搖的覺悟與使命感，無聲地如此訴說。

（……每次都是在這種時候，才會表現出帥氣的一面……）

明知在這種狀況下不適合有這種反應，西絲蒂娜還是情不自禁地心跳加速。

（嗯……話說回來……）

西絲蒂娜轉念一想。

（……未探索領域……古代帝王的墳墓……《狂王》……被擄走的小孩……魔龍復活的祭品……這些關鍵字，我好像曾經在哪裡聽過……？）

西絲蒂娜還來不及為這些細微的疑問找到解答，一行人沒多久便抵達了某間房間——

「……白貓。」

「……怎麼了？」

「我忽然想到……《狂王》那傢伙說過……這裡是墳墓，沒錯吧？」

「……他是這麼說過。」

葛倫渾身僵硬，站在通往那個房間的通道入口附近，再次用指尖的魔術光源照向房間，查看裡面的狀況。

房間裡無論是牆壁、地板、天花板，觸目所及全都密密麻麻地用古代語刻滿了諸如「凡是打擾我等睡眠者，必將大禍臨頭」之類的詛咒。

除了詛咒以外，房間裡還密集地擺放了無數散發出異常壓迫感的石棺。

「換句話說……那些東西是棺材吧？」

「是呀。」

「呃……這樣的話……妳覺得現在有什麼人士躺在棺材裡嗎？」

「……應、應該是有什麼人士躺在裡面吧？畢竟這裡是未探索領域……」

葛倫和西絲蒂娜身體僵硬地並肩站在一起，不久——

「呼……我——永遠不會忘記那些學生的——」

「好快!?你也太快就放棄了吧!?」

葛倫回想著學生們的臉，面帶爽朗的笑容轉身離去，西絲蒂娜見狀立刻架住了他。

「給我站住！剛才你不是展現出身為教師的覺悟與信念嗎!?怎麼突然都不見了!?把我的心動還來！」

「不行不行不行這我真的不行！闖進這種地方絕對會受到詛咒！肯定有什麼會讓人精神崩潰的恐怖東西躲在裡面！」

「別、別鬧了！老師你該不會是害怕了吧!?堂、堂堂魔術師，居然害怕詛咒或死靈之類的，你不覺得丟臉嗎!?」

「妳說得振振有詞，膝蓋還不是抖得跟什麼一樣!?要講大話以前，好歹也先掩飾一下吧!?」

「我、我只是覺得冷而已！啊啊，這裡真的好冷喔——！」

腿軟的葛倫和西絲蒂娜，在房間入口處附近不成體統地吵成一團，這時……

嘰……啪鏗。

嘰……啪鏗。

四周響起了某種奇妙的聲響。

「發生了什麼事!?」

嚇了一跳的葛倫探頭查看房內。

「嗯……」

只見魯米亞正一一打開擺放在房內的棺材進行檢查。

嘰……啪鏗。

魯米亞應該是使用了白魔【體能爆發】吧，即使是沉重的石頭棺蓋，她照樣不費吹灰之力地開開闔闔。

「——等、等一下——!?」

「妳、妳在做什麼呀啊啊啊啊啊啊啊啊啊啊啊啊啊啊——!?」

葛倫和西絲蒂娜慌慌張張地衝進房內，把準備打開下一具棺木的魯米亞的手扣在她背後，限制住她的行動。

「呀！老師!?西絲蒂!?怎、怎麼了!?」

魯米亞像是被嚇了一跳似地詢問。

「妳還好意思問我們怎麼了——!?」

「怎麼可以打開這種一看就很不衛生又不乾不淨的棺材？萬一被詛咒了怎麼辦!?」

「沒錯！會躺在這種髒東西裡面的笨蛋，絕對不是什麼好貨色啦!?」

「可是，我懷疑同學可能被關在棺材裡面……所以才想說最好還是檢查一下……」

魯米亞面帶微笑，向鐵青著臉大呼小叫的兩人解釋。

「而且辛苦也有了回報。躺在那些棺材裡面的，不是班上同學。」

「不是班上同學……不、不然有什麼？果然是木乃伊嗎？」

「不是木乃伊，我自己也覺得有點意外，躺在裡面的是——」

「不要說了！不用告訴我們也沒有關係——！反正肯定是那種聽了會讓人精神崩潰的東西吧!?」

葛倫和西絲蒂娜湧現了強烈的不祥預感，拚命搖頭。

「啊哈哈，怎麼會呢。其實躺在裡面的只是有褻瀆意味的——」

「我不想聽————!?」

個性單純真是可怕。葛倫和西絲蒂娜已經不知道要怎麼跟魯米亞談下去了，這時……

『在我的……在我等的長眠之處吵吵鬧鬧的不敬者們……』

『我詛咒你們大禍臨頭……』

『『『大禍臨頭……！』』』

無數聽起來陰森可怕的怨靈聲，突然自四面八方響起，開始迴繞。充滿了詛咒氣息的聲音彷彿是直接掐住人的靈魂，進而汙染一樣——

『『『詛咒你們大禍臨頭……！』』』

「咿咿咿咿咿咿咿咿咿咿咿咿咿咿咿咿咿咿咿咿咿咿——!?」」

葛倫和西絲蒂娜如膠似漆地抱在一起，發出窩囊的尖叫。

「可惡……該怎麼做？這樣下去，魯米亞會……！」

「魯米亞會被怨靈殺死的……怎麼辦才好呢……!?」

『醜話先說在前，你們兩個同樣罪不可赦哪……？剛才你們極盡所能地羞辱了我等，和我等的臥床，我等都聽見了。』

「「我想也是，是我們錯了————！」」

兩人終於發現自己闖下的大禍遠比魯米亞嚴重的事實。

「多、多少錢!?你們想要多少錢!?有、有句話叫有錢能使鬼推磨不是嗎?不管多少錢，瑟莉卡都付得起，所以——」

「祖父對不起!請你原諒我這個未能實現夢想就慘遭咒殺的不成材孫女————!」

看到兩人神經錯亂的模樣，魯米亞怔怔地猛眨了眨眼睛。

「呃……雖然我不太清楚到底怎麼了，不過我們是不是不該吵醒在這裡長眠的他們呢?」

只見葛倫和西絲蒂娜點頭如搗蒜。

「知道了。這裡交給我吧?」

於是魯米亞向前跨出一步，誠懇地向謎之怨靈聲們喊話。

「各位，對不起。在睡得正安穩的時候把你們吵醒。這一切都要怪我。你們的憤怒請針對我一個人就好了。」

「慢著——妳——!?」

「可是，我們的好朋友們被抓走了。我們必須去拯救他們才行……事情過後，我保證會好好表達孝敬之意，現在請放我們通過這裡，拜託了。」

語畢，魯米亞恭敬地彎腰行禮。

然後——

『『『…………』』』

或許是聽了魯米亞的說法後氣消了的關係，謎之聲突然安靜了下來。

「……呵呵，太好了。冷靜溝通後，他們似乎可以理解呢。」

於是魯米亞用手比劃聖印後，靜靜地獻上了祈禱。

「拜、拜託，不要害我們嚇出一身冷汗啦。」

「就、就是說啊……如果他們不接受妳的哀求，妳打算怎麼做呀……？」

葛倫和西絲蒂娜提出了質疑……

「咦？當然是淨化他們啊。」

魯米亞臉上掛著溫和的笑容，滿不在乎似地如此回答。

聞言，葛倫和西絲蒂娜都呆若木雞。

「……欸，白貓小姐？妳的朋友是吃錯了什麼藥？」

「其實我有時候也不太懂她在想什麼……」

這時……

「葛倫。」

梨潔兒又板起認真且嚴肅的表情，拉了拉葛倫的袖子。

然後，梨潔兒向葛倫遞交出另一瓶裝滿了『黃金苔』的瓶子。

「……苔。我又收集到一堆了。」

「妳還在撿啊!?別在管什麼『黃金苔』了——話說，那些苔妳是從哪裡收集來的？我沒看到這房間裡有什麼『黃金苔』——」

「那具棺材裡面滿滿都是……」

「快點拿去丟掉——————！」

就這樣，葛倫一行人懷著心驚膽戰的心情繼續前進——

然後，他們來到了下一間大房間。

「哼……又有很明顯就是障礙物的東西擋住去路了……!?」

只見一個身穿鎧甲、手握大劍的巨大骸骨騎士，把關般聳立在出口前方。

那名騎士一看到葛倫等人，立刻將大劍高舉，一步一步慢慢逼近。

看來戰鬥勢在必行。

「哼……這種類型的對手，是最容易應付的了，正合我意！而且因為不是人類，不需要手下留情！」

葛倫「碰！」地握拳敲擊掌心，面露無所畏懼的笑容挺身而出。

「白貓！魯米亞！麻煩妳們支援！梨潔兒，妳隨我上！」

大聲下達指示後，葛倫迅速地向騎士發動突擊。

「老師！《光啊，與劍結合》！」

西絲蒂娜詠唱黑魔【武器附魔】後，葛倫的拳頭隨即綻放出魔力的光芒——

「《光啊‧驅散汙穢‧將其淨化吧》！」

轟！魯米亞詠唱了白魔【淨化之光】，以淨化的光輝嚇阻骷髏騎士——

「喔喔喔喔喔喔喔喔喔喔喔——！」

葛倫趁機撲向騎士，揮拳攻擊。

雖然淨化之光產生了嚇阻的作用，騎士仍巧妙地揮劍和葛倫過招。

（嗚——!?這傢伙很強！）

拳頭與劍經過幾次激烈的交鋒後，葛倫對騎士的實力感到戰慄。

「老師!?」

看到葛倫很快就被騎士那彷彿颶風般的連擊壓著打，西絲蒂娜發出了悲鳴——

「——不用擔心！」

葛倫有驚無險地閃過大劍後，借力使力將騎士絆倒在地。

接著，他立刻往後跳開，拉開嗓門大叫：

「就是現在，梨潔兒！上啊——！」

對帝國宮廷魔導士團特務分室執行官《戰車》梨潔兒而言，這是能十拿九穩地解決掉敵人的大好機會——

——如果正常發揮的話……

「……咦？」

然而，卻不見梨潔兒發動追擊。

「喂、喂!?梨潔兒！妳在做什——」

葛倫大吃一驚，轉頭一瞧……

喀哩喀哩喀哩喀哩喀哩喀哩……

只見梨潔兒彷彿事不關己般，蹲坐在房間一角專心收集『黃金苔』。

「呃，現在是收集苔的時候嗎——————!?」

葛倫拔腿衝向梨潔兒，用拳頭頂住兩邊的太陽穴用力旋轉。

「葛倫你看……苔。」

「妳看不懂情況嗎!?敵人都現身了!?」

「……敵人？在哪？」

「啊啊啊啊啊夠了！這個大笨蛋——————！」

這時，被絆倒的騎士爬了起來，以驚人的速度殺向葛倫和梨潔兒。

「老師！危險！」

「嘖——!?」

葛倫二話不說，立刻抱起梨潔兒逃離現場。

「啊……」

梨潔兒伸長了手。

放在地板上來不及帶走的，正是她拚了命收集，好不容易才裝滿整罐瓶子的『黃金苔』……

騎士毫不留情地朝瓶子的位置揮下大劍。

乒、鏘鏘鏘鏘鏘——！裝滿了『黃金苔』的瓶子被砍得支離破碎，四處飛散……

「——————!?」

平常總是面無表情的梨潔兒，罕見地露出驚愕的表情，凝視著那一幕。

「嘖——!?」

抱著梨潔兒的葛倫，靴底在地上劃出溝痕，滑行到西絲蒂娜和魯米亞身旁。

「有沒有受傷!?老師！」

「啊啊，我很好！」

葛倫放開一臉呆滯的梨潔兒，重新握拳挺身保護三名少女。

「不過，敵人比我想像中還要厲害！」

「好像是呢！」

「白貓、魯米亞，妳們要做好長期抗戰的心理準備！不用擔心，我一定會保護妳們！就算犧牲自己也在所不惜！準備好了嗎？我們一起擊敗那傢——」

葛倫做好了必死的決心——這時——

咚乓乓乓乓乓乓乓乓乓乓！

騎士當著葛倫等人的面，如字面所示地突然粉身碎骨。

「……嗄？」

「咦……？」

做好了浴血奮戰覺悟的葛倫和西絲蒂娜腦袋一片空白，兩眼發直。

在那揚起漫天粉塵和散落了一地的騎士殘骸中心……

「…………………」

只見梨潔兒噴發出一股莫名的威壓感與魄力，默默地擺著揮劍劈砍的姿勢。

「呃……那個，梨潔兒小姐？」

梨潔兒如幽鬼般，在渾身僵硬的葛倫面前重新站好……

然後倏地轉過身子面向葛倫他們。

「嗚嗚……」

雖然梨潔兒還是一臉沒睡飽又面無表情的模樣……眼眶卻噙著淚水。

「……苔。我費了好大的勁才收集到那麼多……現在全都泡湯了。」

說著說著，她開始用衣袖猛擦眼睛。

「嗚嗚……」

「啊啊，不要哭了，梨潔兒……真的好可惜喔……不過苔這種東西重新再收集就好了。這次我也會幫忙的……」

「……嗯……嗯……」

魯米亞抱著梨潔兒，一邊摸著她的頭一邊安慰她。

當兩人演出這般溫馨場面的同時……

「…………」

葛倫從地上撿起一片騎士鎧甲的碎片，仔細端詳。

究竟是受到多麼猛烈的砍擊，好端端的鎧甲才會粉碎成這副模樣呢？即使在從軍時，葛倫也不曾見識過威力如此猛烈的一擊。

「……這已經比鬼怪還要恐怖十倍以上了……」

「…………是啊。」

就連西絲蒂娜，也不得不對葛倫的玩笑表示認同。

後來——

喀嚓喀嚓喀嚓！

「可惡——！這扇門根本打不開嘛——！按理說應該可以用剛才撿到的那把鑰匙打開的——!?」

喀啦啦……

「啊，這個好像是拉門才對耶？」

「——搞什麼鬼啊!?」

「噢，發現寶箱了！」

「不過，四周的地上有一堆人骨……那寶箱肯定是陷阱！哼哼，我們怎麼可能會中那種一眼就能識破的單純陷阱——」

喀嘰喀嘰喀嘰！

「呀啊——!?居然是寶箱怪米米克——!?我被咬到了啦——!?」

「——為什麼要跑去打開啊!?你是笨蛋嗎!?」

四人同心協力，克服了路上種種機關與障礙——

「我已經講過好幾次了，一定要同時按下才有作用！白貓，妳按下的速度太慢了!?」

「誰、誰說的！才不是我太慢！是老師你按得太快了！」

「妳說什麼!?」

「怎樣!?」

「啊哈哈……你們兩個都冷靜啦……」

一行人費盡千辛萬苦，終於──

「這裡就是最深部……那個《狂王》口中的《王的玄室》嗎……」

「呼……呼……好不容易……」

累翻的葛倫等人終於抵達最後一扇門的門口。

一行人在門口稍作喘息，考慮到等一下有可能會和《狂王》發生戰鬥，他們謹慎地展開了作戰會議和事前準備……

過了一段時間後。

「好，妳們跟我一起來！」

葛倫下定決心，推開最後一扇門，進入了《王的玄室》。

在那以祭壇為中心，如儀式場般寬敞的空間裡面──

『你們終於來了……在本王的墳墓作亂的悖德者們……！』

只見身上依舊散發出異常靈氣的《狂王》──

「老、老師，你看那個！」

以及可憐兮兮地被關在房間深處監牢裡的學生們——

「啊啊，我知道！」

「唔……你這傢伙……!?」

看到學生被關在牢裡，葛倫的血液頓時沸騰了。

「我來救你們了！放心吧！就算犧牲自己，我也一定會把你們救出來！」

激動地向學生大聲喊話後，葛倫轉身面向《狂王》。西絲蒂娜和魯米亞也緊張地擺出架式。

事已至此，多說無益——

「我們要上了，《狂王》——！」

『呼哈哈哈哈！放馬過來吧！』

「嗚喔喔喔喔喔喔喔喔喔——！」

葛倫要靠快攻決勝負，直接衝向了《狂王》。

接著他旋即抽出愚者的阿爾克那塔羅牌，發動了【愚者世界】——以葛倫為中心，一定範圍內的所有魔術都將遭到封殺的固有魔術。

另一方面，葛倫身上早已附魔了所有他想得到的戰鬥輔助咒文，做好萬全的準備。

這就是葛倫他們想出來的《狂王》對策。

既然是古代帝王，想必在魔術上有相當高的造詣。從過去的經驗來看，遇到這樣的對手，如果從正面展開魔術戰的對決，只是自討苦吃——既然如此，只要讓對手沒有機會使用魔術就行了。

而且【愚者世界】的效果，可以作用在任何人身上。現在的《狂王》已經形同沙包了。

然而——

「《愚蠢》！」

「什、什麼!?」

——《狂王》居然發射了魔術。

葛倫驚險地往旁邊翻滾，閃過朝他射來的光彈。

咚轟轟轟轟轟轟轟轟轟轟！光彈打中地板後，形成了猛烈的爆炎和爆風。

「騙、騙人……」

「怎麼可能……！為什麼你還可以使用魔術……!?」

葛倫和西絲蒂娜不敢置信地瞪視著《狂王》。

『咯咯咯咯……你們說呢……？』

《狂王》散發出壓倒性強者的靈氣，遊刃有餘地阻擋在兩人面前。

面對實力遠超乎想像的強敵，葛倫嚇得心臟都快停止跳動了。

「老、老師……怎麼辦……？」

「呿……!?」

葛倫握緊發抖的拳頭。

眼下的狀況一面倒地對己方不利。

「即使如此，我不會放棄的──！」

葛倫用銳利的眼神瞪著《狂王》，苦思獲勝的方法──

以目前己方的戰力，能採取什麼樣的行動呢──葛倫絞盡腦汁，展現出不屈不撓的意志，決心要與強敵決一死戰──然而──

「唉，老師……快點收拾掉《狂王》啦……」

「這場鬧劇到底有完沒完啊……真是……」

葛倫聽見深處的監牢裡，傳出了不耐煩的聲音。

是葛倫的學生。

定睛一瞧，或許是閒得發慌的關係，只見被關在牢裡的學生們，全都姿態慵懶地坐在地上，甚至玩起了撲克牌之類的遊戲。

「——喂!?」

葛倫忍不住歪起頭，向那些未免過於放鬆的學生抗議。

「你們這些傢伙！難道都不會想替我加油打氣一下嗎!?我在這邊拚命，都是為了拯救你們耶——！」

「咦?可是……」

「唉……」

學生們的反應還是一樣懶洋洋的。完全感受不到遭到囚禁的緊張感和恐懼。

……事到如今，葛倫終於發現事情不太對勁。

「……喂，《狂王》……你到底是誰……?」

聞言——

『咯咯咯咯……也是時候了……好吧……你就睜大眼睛，看清楚本王的真面目吧！』

突然，《狂王》的身體冒出了漆黑的煙霧。黑暗的靈氣與長袍漸漸從《狂王》身上煙消雲散——

最後——

從黑霧之中現身的，正是——

「呼……」

在黑暗裡閃閃發光的氣派金髮。綻放著詭譎光輝的深紅眼眸，彷彿美麗女神般的性感身軀

——

「嗄——!?瑟、瑟莉卡——————!?」

學院的魔術教授，世界最高階的第七階級魔術師，瑟莉亞・阿爾佛聶亞。

「等一下，該不會這一切都是妳搞的鬼吧！」

「正是如此。我本來在利用【毀滅射線】挖掘新的探索領域！像這種沒有靈素皮膜處理的遺跡，挖掘起來特別輕鬆呢！」

「這麼貴重的古代遺跡，妳在胡搞什麼啊!?妳是笨蛋嗎!?」

葛倫向得意地挺起胸膛的瑟莉卡破口大罵。

「附帶一提，遺跡裡的各種機關和敵人和小道具，都是學院的魔導工學教授奧威爾大方提供的。無論是魔導人形、幻影或者真假難辨的仿造品，全部都是。」

「等一下我一定要狠狠修理那個白痴一頓！」

「至於你的【愚者世界】……之所以會沒有效果，是因為昨晚我趁你沒發現時，偷偷拿假的阿爾克那牌掉包了。」

「居然早就有預謀!?」

在聽了葛倫和瑟莉卡的對話後，西絲蒂娜整個人虛脫無力地開口說道：

「啊，對了……我本來就覺得哪裡怪怪的……現在終於想起來了……」

「怎麼了？西絲蒂。」

「未探索領域、古代帝王的墳墓、《狂王》、被擄走的小孩子、魔龍復活的祭品……這些設定根本整個照抄萊茲・尼西的小說『狂王的試煉』不是嗎……」

「啊、啊哈哈……是這樣嗎……」

「原來如此……也難怪對敵意和惡意總是比常人更敏感的梨潔兒，這次反應會那麼遲鈍了，因為幕後黑手是教授的關係吧……」

西絲蒂娜和魯米亞交談的同時——

「瑟莉卡！妳為什麼要做這種無聊的蠢事!?跟我有仇嗎!?」

葛倫開門見山地直指問題核心後——

「……因為你這幾天完全把我丟在一旁啊。」

瑟莉卡用格外低沉的聲音低聲回答道。

「我們不知道已經有幾天沒像這樣面對面說話了……」

「啥……？」

「不只音訊全無……就算我用通訊魔術聯絡，你也完全不肯接……每天都不回家……三餐都在外頭解決……」

「可是……我說過，我這幾天要忙著準備探索實習的事情啊……」

葛倫表情僵硬地為自己辯解。

「我不想聽你解釋了——！我懶得再管像你這種薄情的兒子了！哼！人家已經墮入邪道了！為了教訓你這薄情的兒子，人家已經變成從古代復活的《狂王》了！認命吧！」

或許是因為被葛倫冷落覺得很寂寞吧……瑟莉卡就像小孩子一樣擺動四肢，哭哭啼啼地吵鬧著。

「還在那裡裝什麼可愛……這起可笑的事件到底是怎麼一回事啊……」

整起事件的開頭與結尾之間存在著極大的反差。離譜得教葛倫忍不住跪趴在地上。

「唉唷，老師！你快點跟阿爾佛聶亞教授和好啦！」

「應該說，老師你明知道冷落教授肯定會發生這種事吧!?為什麼還要冷落她啦!?」

「沒錯沒錯，老師要負責——！」

「為什麼變成好像是我害你們的啊。」

歷經千辛萬苦好不容易才來到這裡，卻慘遭嫌棄。

「來吧……葛倫，懲罰時間到了！《去死吧》！」

「慢、慢——呀啊啊啊啊啊啊啊啊啊啊啊啊啊!?」

咚轟轟轟轟轟轟轟轟轟！

葛倫的淒厲慘叫和驚天動地的爆炸聲，響徹了四周。

「這也太莫名其妙了！我好想哭啊！」

「老師被修理得好慘喔。」（輕描淡寫）

西絲蒂娜看著整個人被轟成焦炭，一路滾到她腳邊的葛倫，彷彿事不關己般淡淡地說道。

「喂、喂，白貓！快想辦法幫我擺平那個愛子成痴的女人啊!?」

葛倫猛然從地上彈起來，糾纏著西絲蒂娜。

「我、我哪來這種本事呀！而且貿然幫忙老師的話，搞不好連我都會成為被懲罰的對象呀!?我才不要！」

「也太過分了吧！」

「不過……我是有想到幾個能讓阿爾佛聶亞教授消氣的方法……」

「咦!?真的假的!?」

「真的。不過……該怎麼說，我不太想推薦那個方法……」

「沒關係，快告訴我！應該說拜託妳教我！求妳了，白貓大人！」

「……真拿你沒辦法……好吧，反正繼續耗下去也沒完沒了。」

看到葛倫苦苦哀求的模樣，西絲蒂娜不禁嘆了口氣，湊在他耳邊悄聲透露了那個方法。

「什麼!?這種方法真的可以——」

「不要問了！總之老師先說出來試試吧！」

如是說後，西絲蒂娜和葛倫保持距離。

「哎呀哎呀，你和可愛的學生終於討論完了嗎……？」

瑟莉卡帶著駭人的眼神，像魔王一樣踩著沉重的步伐逼近。

（喂喂喂，那個方法真的會有效嗎……？）

只見瑟莉卡把雙手高舉過頭，讓驚人的魔力（感覺被打中會痛死人的那一種）往雙手集中

——

「等、等一下！」

現在也只能聽天由命了。

葛倫決定孤注一擲。

「……怎麼？要交代遺言嗎？」

「不，那個……對、對不起！這陣子太忙了，真的沒時間理妳！」

「哼，現在道歉也已經太……」

「所以！有鑑於平常我總是承蒙妳的照顧，為了表達我對妳的謝意，改天和我一起共進晚餐吧!?當然，是我請客！而且白貓願意介紹超一流的餐廳喔！好不好!?」

聞言。

瑟莉卡的動作突然暫停。

「──…………」

現場一片沉默。

過沒多久……

「葛倫……」

身上散發出強烈靈氣，彷彿還可以聽見轟隆轟隆作響聲的瑟莉卡，惡狠狠地瞪了葛倫一眼……

「什麼事？親愛的師父。」

葛倫用不自然的尖銳嗓音答腔。

果然沒效嗎……？

當葛倫因為恐懼和緊張，整個人凍結住時……

「仔細想想……你這幾天真的很努力呢！」

瑟莉卡突然如此說道……

「嗯！你的表現讓我與有榮焉！授業已經結束了，大家一起回家吧！」

只見她從原本魔王般霸氣十足的模樣搖身一變，臉上露出了宛如純真女神般的燦爛微笑……

（（（（啊，原來這麼簡單就能搞定了。））））

見狀，在場所有人都呈現出虛脫的模樣。

——幾天後。

葛倫偕同像小孩子一樣歡天喜地的瑟莉卡，來到了深得席貝爾家所喜愛的超高級餐廳用餐。

可想而知，這頓飯的費用，一口氣花光了葛倫靠這次的探索實習挖到的『黃金苔』所賺到的錢。

虛假的英雄

Fake hero

Memory records of bastard
magic instructor

——浮游感支配著被衝擊擊飛的身體。

撼動了腦部的衝擊，有如一道閃光。

意識、思緒、記憶。構成自我的要素，都被擊飛到遙遠的虛空，整個世界化成白茫茫的顏色。

不知何故，我那脫離時空、飛向遠方的意識，在白色世界的盡頭匆匆瞥見的——盡是過去的殘渣。褪色的黑白記憶。

——啊啊，我想起來了。

即使深陷絕望，還是對上帝的恩寵與加護堅信不移的歲月。

當時的我是多麼愚蠢且盲目——又有多麼幸福——

…………

……

「呼……！呼……！謝、謝謝！」

少年壓抑著急促的呼吸，抹掉額頭上的汗水。即使全身飽受疲勞轟炸，他還是勉強自己挺直腰桿，恭敬地彎腰道謝。

少年年約十四、五歲。

紮成一束的黑色長髮垂放在頸後。五官端正……尤其是那雙溫柔的眼神，流露出少年沉穩的個性與氣質，雖然這個年紀的稚嫩氣息仍未完全褪去，看上去卻已經有幾分成熟的模樣。

他跟其他同齡的少年相比較為高眺，天生的好身材上穿著立領式的祭司服。

看來這名少年，似乎是年紀輕輕就獲得資格的祭司。

「呵呵呵……你的技術又提升了不少呢，亞伯爾。」

在少年眼前的，是一名同樣身穿祭司服的初老男子。

笑容和藹，深邃的眼眸富有慈愛。歲月痕跡的皺紋使他顯得威嚴，充滿了會讓人不禁肅然起敬的『品德』。

寬大的肩膀，挺直的背脊，彷彿在大地紮根般的軀幹，不僅完全看不出有年老力衰的跡象，反而給人一種沙場老將般的印象。

「年輕果然是最棒的。充滿了上帝賦予人類的可能性之光。年僅十四歲就培養出了這種實力……實在太教人驚訝了。照這表現看來，或許你在不久的將來就能輕鬆超越我吧。」

「不，您過獎了。帕烏羅師父。」

名叫亞伯爾的少年惶恐地搖頭。

「我還有很多地方必須學習，實力跟師父相比還差得遠呢。儘管我愚昧無知……每天還是苦思，如何才能讓自己變得跟師父一樣強大。」

亞伯爾深感煩惱地垂低了頭。

「每次接受師父的教導增進實力時，我都會強烈地感受到，我和師父的實力和才能差距是如此懸殊。說不定以後我只是一個無名小卒，一事無成的半吊子……一想到這，有時會痛苦得無法自持。」

聞言，帕烏羅向亞伯爾開導：

「亞伯爾，切忌操之過急。」

「師父……」

「第三章五十七節，『萬理沒有王道，自助者天助之』……你現在抵達的境界，是我花了好幾十年才達成的……所以你只要一步一步慢慢來就好。只要堅持走下去，終有一天會獲得上帝的指示。明明上帝總是眷顧著你，你怎麼能妄自菲薄呢？可能性之光便是神之光。會公平地灑落在所有人身上。」

「是、是的……」

「而且，比起肉體的強大，你更應該重視心靈的堅強。痛苦時就回想自己的初心吧。你為什麼渴望力量？為什麼想讓自己變得更強？你要成為正視那個疑問，一心磨練力量的愚者。雖然閉上眼睛和摀住耳朵是傲慢之罪，可是我相信那股專心一志的傻勁，一定能獲得上帝的原諒。」

「是、是的！謝謝師父開釋！」

聽了帕烏羅的說法後，亞伯爾頓時醍醐灌頂，表情為之一亮，鞠躬時腰也彎得更深了。

「呵呵，明白就好。」

帕烏羅面帶和藹的微笑說道，這時……

「「「亞伯爾哥哥～～！」」」

「辛苦了，亞伯爾……你今天同樣非常努力呢。」

小孩子神采奕奕的呼喊，和少女溫柔的聲音，同時傳進了亞伯爾耳裡。

他轉頭望向那些聲音的來源，原先因和帕烏羅師父進行日常鍛鍊而變得狹隘的視野，一口氣豁然開朗，世界的光景映入了他的眼中。

這裡是位在某個偏僻鄉下郊區的教會前庭。

教會四周環繞著雜木林，大門前的道路十分冷清。

這間教會同時也是孤兒院，使用紅磚做為建材的兩層樓建築相當老舊，牆壁上長滿了爬牆植物。

只見剛才那些活潑聲音的主人，正從教會的玄關口一齊衝向亞伯爾。

人數一共有九人。

「大哥哥！」

「哇，狄恩、麗塔，啊啊，還有庫萊普。啊哈哈……你們一起撲上來，會把我撞倒的。」

亞伯爾被九個小孩子團團包圍、纏著不放，只能面露苦笑。

「呵呵，你就稍微配合一下吧。這群孩子非常喜歡你，一直很想來找你玩……好不容易才忍到你和帕烏羅牧師訓練結束呢。」

最後一名緩緩走上前來的少女，笑嘻嘻地表示。

對方是比亞伯爾還要大兩、三歲的少女。她的長相跟亞伯爾有幾分神似。

隨著風輕輕搖曳的長髮，和溫柔的眼神，美麗得彷彿聖畫。

即使保守地說，像她這樣的美少女，待在這種偏僻的鄉下地方，未免太過可惜；說她是上流階級的千金小姐，也不會有人懷疑。以她擁有的資質與外貌，假如她把自己妝點得漂漂亮亮，好好學習禮儀的話，即使在貴族的社交界，也能無往不利。

遺憾的是，現在的她身上所穿著的，卻是土里土氣、毫無修飾性的修道服。

「亞莉雅姊姊？」

陪小孩子玩的亞伯爾如此呼喚後，修道服少女——亞莉雅露出了開心的笑容。

「說到這個，亞伯爾最近你太熱衷於和帕烏羅牧師練習魔術了，根本都沒空理我呢……不知道從什麼時候開始，你也不肯和我一起洗澡了……姊姊我覺得好寂寞喔。」

「姊、姊姊妳也真是的！不要講那種幼稚的話啦！」

亞莉雅撒嬌似地揚起視線看著亞伯爾後，亞伯爾面紅耳赤地反擊。

「啊哈哈，抱歉抱歉。話說回來……我們姊弟被帕烏羅牧師收留在這間教會……已經五年了嗎……」

「…………」

看到亞莉雅用帶著懷念之意的眼神，仰望老舊的教會，亞伯爾不禁沉默。

說起亞伯爾和亞莉雅會來到這間教會生活的契機……勢必得談到某段過去的記憶。

那是一段極其痛苦和哀傷的記憶，亞伯爾和亞莉雅現在如果夢到那段過去，照樣會痛苦呻吟。

亞伯爾和亞莉雅其實都不是當地人，他們來自更為邊境的農村。

儘管在故鄉的生活一點都不輕鬆，可是那裡的村民為人和善，再加上溫柔的父母親都健在，所以亞伯爾和亞莉雅依舊感到幸福。

那座村子的村民個個信仰虔誠，每天上教會祈禱是他們的例行公事，所有人都深信和平的生活會永遠持續下去。

兩人終生難忘的那一天，就是一年一度的夏至祭──『猶翰的火祭』。

當眾人鬧哄哄地享受著歡樂的祭典與美味的佳餚時……那場悲劇發生了。

理由與原因至今仍未明朗。三個力量強大的大惡魔，毫無預警地冒出來，攻擊了正在舉辦祭典而十分熱鬧的村落。

那三個惡魔，是一流魔術師和降魔師也應付不來的強大概念。

對戰鬥一竅不通、習慣了和平生活的邊境村民根本束手無策。

面對惡魔們的強大攻擊力和魔力，所有人都來不及反抗，瞬間就被碎屍萬段，變成了肉塊，整片大地血流成河。

原本用來獻給神明的篝火，也化成了燒毀整座村莊的業火。

村民們為了感謝土地的恩惠所安排的晚宴，如今變成惡魔逐一吃光村民靈魂的冒瀆魔宴。

那一天，亞伯爾和亞莉雅見識到了不折不扣的地獄。

如果不是父母親犧牲自己，幫助亞伯爾和亞莉雅逃出村落，兩人的靈魂早就被吞進惡魔那深不見底的胃袋之中了。

可是，幼小的兩人憑自己的雙腿，根本逃不了多遠。

後來兩人被一路追蹤的三個惡魔逼到絕境。

在危急時刻現身搶救的，正是帕烏羅・賽因司——帕烏羅師父。

帕烏羅當時是浪跡天涯的巡禮祭司，同時也是超一流魔術師和降魔師，在經過一番激戰後，他成功擊退那三個大惡魔，解救了年幼的亞伯爾和亞莉雅。

在那場激戰後，帕烏羅不再流浪，收養了無依無靠的亞伯爾和亞莉雅。他留在這個偏僻鄉下的教會擔任牧師，同時開始經營孤兒院。

一開始教會的住人只有帕烏羅、亞伯爾和亞莉雅三人，後來帕烏羅不知從何處把狄恩、麗塔、庫萊普、露潔等九個孤兒帶回教會收養，帕烏羅很愛他們，對他們視若己出。

這些孩子不是失去父母，就是慘遭拋棄，心靈都曾經受過創傷，不過在同甘共苦地一起生活後，他們都克服了心傷，成為真正的一家人。

如今這間教會和這塊土地，對亞伯爾和亞莉雅等人而言，已經形同第二個家和第二個故鄉了。

「…………」

亞伯爾陪纏著他不放的小孩子玩，露出懷念的眼神回憶當年，這時——

「欸，亞伯爾。」

亞莉雅突然把臉湊向亞伯爾問道：

「為什麼你那麼執著要變強呢？」

「這是因為……」

「你是個非常善良的人，可是你同時軟弱到連蟲子也不敢殺……在我看來，你一點也不適合戰鬥。不過最近的你，非常投入魔術練習和戰鬥訓練，認真到令人覺得害怕……亞伯爾該不會是想當帝國軍的魔導士吧？就像其他年輕男子一樣……你也想離開這塊地方去帝都嗎？」

亞莉雅落寞似地如此問道後，亞伯爾不禁語塞。這時——

「呵呵呵，妳不需要擔心……亞莉雅。」

帕烏羅面帶和藹的笑容走來。

「亞伯爾他只是想保護你們罷了……不過如此而已。」

「咦？」

亞莉雅目瞪口呆地看了亞伯爾一眼，亞伯爾難為情地漲紅臉，把頭撇向一旁，輕聲喃道：

「……直到現在，我還是常常在想。五年前的那一天……假如我有力量，或許就有能力保護爸爸和媽媽……還有其他村民了……」

「亞伯爾……」

「當時幸好帕烏羅師父及時趕到，我和姊姊才能平安無事……反過來說，如果不是帕烏羅師父，我連姊姊都保護不了。如果我跟帕烏羅師父一樣強，也不至於會……一想到這，我就……」

「亞伯爾……快別那麼想。歷史是沒有所謂的『如果』。不可以讓自己陷在過去。你必須謹記這條撿回來的性命之重，謹記上帝的意旨，謹記死裡逃生的幸運，對帕烏羅牧師和上帝心懷感激才行。」

為讓惴惴不安的亞莉雅放心，亞伯爾臉上浮現微笑。

「放心啦，姊姊。妳說的這些我都明白。我之所以會想要變強，是希望未來能輪到自己保護姊姊和大家……保護這個家族……不過如此。我發誓要保護大家……再也不讓同樣的悲劇發生。我會為了這個目標壯大自己的實力。」

「亞、亞伯爾……」

「呵呵呵……亞莉雅，那個老是離不開姊姊的可愛弟弟變得如此成熟，看來似乎讓妳很吃驚呢。沒錯，這個年紀的年輕人，成長可是非常迅速的。稍一不留意，他們的身心就會成長到令人不敢置信的地步。」

帕烏羅露出慈父般的溫柔表情，守護著亞莉雅和亞伯爾。

「不過……說到成長，亞伯爾這陣子的進步幅度有目共睹。坦白說，依亞伯爾現階段做為魔術師的實力，要加入帝國軍已經綽綽有餘。如果加入軍隊的話，說不定日後就會成為人們口中的『英雄』呢。」

「不、不可以，帕烏羅牧師！我是不可能答應讓亞伯爾從軍的！我絕不允許那種事情發生！」

「放、放心啦，姊姊……我才不想當什麼軍人呢……」

「呵呵呵……看來亞莉雅才是那個離不開弟弟的人哪。」

四周的九個小孩子有些不滿地，纏著正在對話的亞莉雅、亞伯爾和帕烏羅。

「欸欸，亞莉雅～帕烏羅牧師～我們肚子餓了。」

「飯還沒煮好嗎～？」

「噢噢……沒想到時間已經這麼晚了。太過專心陪亞伯爾訓練，都忽略時間了哪……亞莉雅。」

「好，我這就立刻去準備晚餐……亞伯爾，他們就拜託你照顧囉？」

「嗯，沒問題，姊姊。我會陪他們玩的。」

「呵呵，麻煩你了。」

——就這樣。

教會今天同樣安然無事地，度過了平凡又平和的一天——

亞伯爾每天都過著風平浪靜的生活。

夜晚，他在帕烏羅師父的薰陶下，學習各種魔術的咒文。

白天，他則和帕烏羅師父進行魔術實戰鍛鍊。

儘管帕烏羅平常表現得很像慈祥老爺爺，但在鍛鍊亞伯爾時，他所給予的指導和教育非常嚴厲，彷彿要把戰鬥那不能遺忘的殘酷面，深深地刻印在亞伯爾的靈魂裡。

因此亞伯爾有時候會覺得修行讓他痛苦萬分，可是帕烏羅師父在嚴格又認真地給予指導的同時，也沒有忘記施行愛的教育。

每當亞伯爾有所進步，帕烏羅就會當成自己的事為他感到開心。

而亞伯爾也打從心底崇拜、尊敬著，帕烏羅這個比誰都還要強悍的聖人君子。他的目標是希望變得跟帕烏羅一樣強大。

此外——

「亞伯爾，謝謝你今天陪我上街買東西。」

「啊哈哈，我們是人口眾多的大家庭嘛。要是需要有人幫忙提東西，隨時可以找我。」

例如，像這樣和兩手捧著一大堆食材、面露溫柔微笑的亞莉雅，並肩走在街上的時候——

「你好認真喔，亞伯爾。可是千萬不可以累壞身體唷？要不要稍微休息一下？」

「……謝謝妳，姊姊。」

當自己為了充實魔術知識，三更半夜仍強忍睡意挑燈夜戰時，亞莉雅端來紅茶表達關心之意的時候——

「恭喜你了，亞伯爾！恭喜你通過了祭司資格的神學考試！」

「謝、謝謝，姊姊……」

「亞伯爾從今天起就是不折不扣的牧師了呢！年紀輕輕就能通過那個困難的考試，身為姊姊的我也一樣深感驕傲！不愧是亞伯爾！了不起了不起！」

「等……姊、姊姊!?不要當街抱在一起……大家都在看啦……!?」

還有當亞莉雅把亞伯爾的小小成功，當成自己的事情感到開心，為亞伯爾祝福的時候——

——每次和亞莉雅共度稀鬆平常的平凡時光，亞伯爾的心裡總是會浮現一個念頭：

『我要好好保護姊姊。』

『我要繼續守護以前曾經失去過，好不容易才又找回來的平和日常。』

所以，無論是多麼艱苦的修行和課題，亞伯爾都撐下來了。他概括承受了。

而且，每天積極鍛鍊的亞伯爾，也會利用空檔陪小孩子玩、照顧他們，或者幫亞莉雅做家事，盡自己最大的能力扶持家庭。

忙碌卻不失充實，能和其他人分享歡笑的幸福日子，慢悠悠地過去了——

慢悠悠地。

——就在風平浪靜的日子中，發生了那件事。

「……『捨棄一，拯救九』……嗎？」

在教會後方，光線有些昏暗的雜木林裡。

本日的修行課題是快速擊發攻擊咒文的訓練，當訓練告一段落，進入休息時間時──

亞伯爾沒想到會從尊敬的帕烏羅師父口中聽到這席話，不禁猛眨眼睛。

「沒錯。說穿了，就是為了搶救有機會得救的大多數，決定放棄獲救機會渺茫的極少數。決定救誰、放棄救誰……如果你戰鬥的目的是為了保護他人，就必須時時把這種念頭放在心上。為了讓自己盡可能地拯救更多人，勢必得時時看清楚現實，找出現實與理想的折衷點，絕不能讓目光離開那個地方……畢竟，我們終究不是全知全能的神，沒有能力拯救眾生。」

帕烏羅以慈祥又不失嚴厲的口吻，向亞伯爾說道。

「……我做夢也沒想到，師父居然會說出像是『阿爾貝特・弗雷澤』會主張的道理。」

向來對帕烏羅的教誨照單全收的亞伯爾一反常態，有些不滿地提出質疑。

「一開始就決定好要救誰和放棄救誰，我無法接受這樣的做法。我絕對不會對任何人見死不救，一定會拚盡全力拯救所有人。」

「呵呵呵……那股志氣是很偉大的。你要千萬要銘記在心喔，亞伯爾。」

即使亞伯爾以強硬的口吻頂嘴，帕烏羅也沒有發脾氣，只是笑呵呵地如此回答。

「……師父……？」

「那樣就對了，亞伯爾。我們不是上帝，而是人類，絕不能讓自己妥協，做出輕易的取捨。輕易的取捨等同於輕賤人命……那種行為甚至可說是違背上帝的意志。」

「既、既然如此──」

「然而，現實是……真的會有被迫做出那種抉擇的時候。」

「…………」

「很遺憾……即便是我，當年在救濟巡禮的旅途上，也有好幾次被迫做出類似的抉擇。」

帕烏羅說得煞有介事，亞伯爾不禁緘默不語。

「舉例而言的話呢……這個嘛，『我和亞莉雅你只能救其中一個』……如果你碰到這樣的狀況，你會選擇救誰？」

「這、這個問題沒有什麼好思考的！我一定會想出能拯救兩個人的方──」

「呵呵呵，我不是強調『選擇』了嗎？你這樣沒有回答到我的問題喔，亞伯爾。」

「……！」

帕烏羅一針見血地道破，亞伯爾不能接受似地垂低了眼睛。

「抱歉，問你這麼尖銳的問題。可是，有時絞盡腦汁，拚命奮力掙扎……盡完所有人事之後，仍會發現眼前只剩下這種選擇……這是你必須謹記在心的。你想要拯救一切，這份善念固然偉大，可是有時候，它也會反過來成為你的束縛。為了保護其他人而戰，就是這麼一回事。」

「可是……」

聰明的亞伯爾明白這個道理。

理智上，他可以理解師父想要表達的意思。

可是感情上，他實在無法接受。

他的腦海裡浮現了五年前，那宛如地獄般、令人懷念的故鄉風景。

如果當時自己能拯救父母親，能拯救全村鄉民。能拯救一切的話……

……想必現在所有人，都還能過著幸福的生活吧。如此一來，自己也不會偶爾在晚上，隔著房門聽見亞莉雅躲在房間裡獨自啜泣，覺得自己是如此地渺小無力了。

到頭來，亞伯爾的內心深處，或許還沒能完全拋下過去。

亞伯爾他——一直希望拯救一切。一直渴望獲得那股力量。

「亞伯爾。我相信總有一天，你一定會明白的。」

對於帕烏爾的說法，亞伯爾只是拒絕接受般保持沉默。

「……覺得無法接受嗎？」

看破了亞伯爾的內心，帕烏羅不改慈祥的口吻問道。

「是的……我很……抱歉……」

仔細想想，說不定這是亞伯爾第一次違抗尊敬的師父。

不曉得師父會如何教訓自己這個不明事理的小孩呢？

或許帕烏羅已經對這樣的我大失所望，不願再傳授戰鬥的技巧給我了。

亞伯爾做好了心理準備，然而……

「那麼，你只好讓自己變得更強了。」

帕烏羅卻以溫柔而鏗鏘有力的語氣，向亞伯爾如此說道。

「！」

沒想到會受到帕烏羅鼓勵，亞伯爾瞪大了眼睛。

「沒錯。就是讓自己變強。比誰都強，比我更強。比任何事物都還要堅強……永無止盡地讓自己變強下去。為了讓自己有能力對抗所有不利於你，以及你周遭的不合理……你近來所迷惘的事，不就是這個嗎？放心吧。無論是在身體或者精神層面，你肯定會變強。」

心底在想什麼都被看破了，亞伯爾大吃一驚。

「可、可是，師父……這樣的話……」

「我不是說過了嗎？盡完人事後將會面臨選擇。所以，只要力量強大到足以在盡完人事前拯救所有人就可以了。只要夠強就沒問題了。」

「……！」

「哈哈哈，說來很懷念。以前我的師父針對性命取捨的問題開導我時，我也跟你一樣，相當排斥。我也曾經年輕過啊。不過，我師父也是用剛才我說過的話激勵我。」

「這種事真的有可能嗎……？」

「現實當然沒有那麼簡單……過去的我沒能做到。可是亞伯爾你或許有那個能耐吧。」

「師父……」

「對自己要有自信。你的魔術長才，肯定是上天賜給你的天賦。我相信你的天賦，在這個美麗而殘酷的世界，肯定具有某種意義。

若是你，或許可以抵達我和我師父無法成就的領域……你或許能成為拯救一切的救世主。即使未能成為救世主，你堅持目標的信念與道路，仍是令人敬佩的。在靈魂的旅途上，相信你能將莫大的救贖帶給民眾。

現在你必須懷抱信心，切勿小看自己，把心思集中在磨練自己的實力上。如此一來，上帝總有一天會把你必須完成的道路，展現在你面前。」

帕烏羅把手搭在亞伯爾的肩上，以充滿關愛的態度向他說道：

「『睜開眼睛，信任與祈求吧。唯有如此，才能獲得』……這世上最能信賴你的，不是別人，正是你自己。你務必要努力……能擁有像你這麼出色的徒弟，是我最大的喜悅。你是我的榮耀。」

帕烏爾定睛注視著亞伯爾，他的眼睛深邃而清澈。

亞伯爾被帕烏爾的發言深深地觸動了內心，不由自主地向他彎腰一鞠躬。

「今後……請您繼續指導與鞭策我了！師父！」

「呵呵，彼此彼此……那麼，今天就到此為止吧。」

「是的！」

對話畫下句點。

亞伯爾和帕烏羅並肩而行地返回了教會。

「……今天發生了這樣的事情喔。」

當晚。在教會的廚房幫亞莉雅洗碗時，亞伯爾喜不自勝地，向她分享了白天和帕烏羅的對話。

包括帕烏羅和其他九名小孩子在內，這間教會的所有成員剛才齊聚一堂享用了晚餐，所以空間狹小的廚房流理台上，現在堆滿了使用過的盤子與器具。

亞莉雅利用從外頭打來的井水和秸桿刷子一一仔細清洗，由坐在椅子上的亞伯爾以布將之擦拭乾淨。

「帕烏羅師父果然很了不起……他厲害的不是只有戰鬥能力而已。氣度也非常宏偉呢。」

「呵呵，是啊。畢竟他為了我們，還開了一間這樣的孤兒院……如果不是帕烏羅牧師，真不曉得我們現在會怎麼樣。」

彷彿是自己獲得了讚美，亞莉雅開心地點頭附和。

「帕烏羅牧師是掌管這塊土地的教區的牧師，深受民眾信賴……有許多對人生感到迷惘的民眾，會來找他商量煩惱，而他每天都會誠懇地為那些人提供指引。

雖然剛來到這塊土地時，當地民眾都把帕烏羅牧師視為外人，可是現在他已經形同這塊土地的代表人物了呢。帕烏羅牧師每週都會舉辦一次佈道會，很多住在街區的民眾皆會前來聆聽他的佈道，把教會擠得水洩不通呢。」

「嗯。跟像小孩子一樣抗拒眼前取捨的我截然不同，無論何時，師父總是把目光放得更遠。真希望以後我也能變成像師父那種，有能力引導他人的大人物……」

慷慨激昂地如此說完，亞伯爾突然回過神，垂頭喪氣。

「坦白說，我很不安……我真的能追得上師父嗎？」

亞伯爾停止擦餐具的動作，注視著用力握緊的拳頭。

他開始反芻令人尊敬的師父在白天所說過的話。

「最近，每當我在師父的指導下加強實力，理解何謂強大與戰鬥時，我總是會深刻地感受到……我和師父的層級根本是天壤之別。」

「亞伯爾……」

聞言，亞莉雅也停下洗碗的動作，看著亞伯爾的側臉。

「師父他……真的是很強大的高手。無論是那一身據說在東方學到的格鬥技，還是一般魔術師根本望塵莫及的魔術實力。如果師父有意願，憑他的能耐，他早就成為人們眼中的『英雄』了……」

說到這裡，亞伯爾吁了一口氣。

「雖然如此一流的師父稱讚我很有才能……可是老實說，我一點都不覺得自己能追得上師父的程度……我真的能變強嗎？能變成像師父一樣，有能力保護他人的人嗎……？」

聞言，亞莉雅似乎想到了什麼。她轉身面向亞伯爾。

「欸，亞伯爾。」

亞莉雅從懷裡拿出某個東西給亞伯爾看。

那是銀製的十字架墜子。

亞莉雅面帶微笑，默默地走到不斷眨眼的亞伯爾身後。

只見她伸長手，從後面把銀十字架墜飾的鍊子掛在亞伯爾脖子上，扣上了鍊子的扣具。

「姊姊，這是……？」

亞伯爾怔怔地注視著掛在脖子上的銀十字架，亞莉雅回答道：

「這是我送你的禮物。不久前，你不是考取了祭司的資格嗎？」

「嗯……如果語言是工具，聖書就是工具箱。我希望可以用名為語言的拔釘鉗，為民眾拔掉刺在他們心頭上名為痛苦的釘子。那些像我們一樣，不幸迷失了人生的人們，能多救一個是一個……所以我才……」

亞莉雅從後面輕輕擁抱了亞伯爾，輕聲低喃：

「呵呵，亞伯爾真的很了不起呢……」

「姊姊？」

「我一心想要好好保護的可愛弟弟，已經丟下我不斷往前進。不斷地迅速成長了呢。」

「…………」

「亞伯爾，不可以操之過急喔。還記得帕烏羅牧師說的嗎？你要對自己有信心。做好自己份內該做的事情。現階段只要做到這樣就可以了。」

見亞伯爾緘默不語，亞莉雅繼續說道：

「況且……現在的你就已經十分強大了。」

「才沒有呢……」

「當然有。因為這五年來，我唯一能做的事情……就只有向上帝祈禱『希望這個新的家庭不會被摧毀』而已。」

「！」

「這些年來，我始終在逃避，拒絕面對那一天我們所遭遇的不幸。直到現在，我依然每天躲在棉被裡發抖哭泣，拚命告訴自己忘了吧、忘了那一天吧……過去我所敬愛的父母親，還有村子的鄉民們……如今已經變成箝制我心靈的枷鎖了……」

「姊姊……」

「亞伯爾你選擇正面承受，跨越了那段淒慘的過去，並且為了守護嶄新的人生，努力邁出步伐……可是我並沒有你那麼堅強……我沒有。」

有那麼一點點。

湊在亞伯爾耳畔囁嚅的亞莉雅，聲音裡混雜了一絲哀戚。

「所以，亞伯爾你真的很堅強……而且你會變得更強大的。身為姊姊的我敢保證。因為……你是我引以為傲的弟弟啊。」

聽了亞莉雅的肺腑之言，亞伯爾有種如釋重負般的感覺。

「……謝謝。聽到姊姊這麼說……我又有力氣可以繼續努力了。嗯，沒錯……我一定會保護好姊姊你們的。」

亞伯爾豁然開朗地如此說道。

「呵呵呵……不管是要拯救蒼生，還是保護我們，有一件事，你千萬不能忘記喔？對我來說，你才是唯一的意義。所以……」

「要保重自己，對吧？……放心，我知道啦。我不會亂來的。」

語畢，亞伯爾轉過脖子，面向亞莉雅。兩人在感受得到彼此鼻息的距離相視而笑……這時……

「欸～欸～亞莉雅姊姊～！亞伯爾哥哥～！」

隨著一連串腳步聲，這間教會孤兒院最年少的少女悠伊，大搖大擺地衝進了廚房。

見狀，亞伯爾和亞莉雅兩人連忙分開，故作平靜。
「有、有有有、有什麼事嗎？悠伊。」
「咦？亞伯爾哥哥和亞莉雅姊姊你們黏在一起做什麼？」
「沒、沒什麼，真的沒什麼啦！話說回來，妳有什麼事情嗎？悠伊！」
面紅耳赤的亞莉雅，洗著早就洗乾淨的盤子，絮絮叨叨地說道。
或許是年紀還小的關係，悠伊對亞伯爾和亞莉雅的反應並沒有產生太大的疑問，只見她堆起滿臉笑容，纏著兩人撒嬌。
「拜託～唸這本書給我們聽～～！大家都想要聽哥哥朗讀啦～～！反正現在帕烏羅爸爸也不在～～！」
「啊啊，唸書嗎……可是我在幫忙洗碗耶……」
亞伯爾瞥了亞莉雅一眼。
「沒、沒關係啦。剩下的靠我一個人就夠了。亞伯爾你去陪小孩子吧。」
見狀，亞莉雅識趣似地如此說道。
「好吧……不好意思，姊姊。」
「沒關係啦。你因為讀書和鍛鍊，平常就已經很累了，還總是拖著疲憊的身體幫我做家事……不提那個了，快點去陪悠伊他們吧。」

「嗯。回頭見……」

亞伯爾擦完剛才擦到一半的盤子，被悠伊牽著準備離開廚房。

不過，走到門口時，亞伯爾突然停下腳步，轉頭望向亞莉雅。

「對了，姊姊，妳知道帕烏羅師父去哪裡了嗎？一吃完晚餐，我就沒看到師父的人影了……師父有沒有告訴妳什麼事情？」

亞伯爾向亞莉雅提出突然浮現在心頭的小疑問。

「啊啊……好像是有位老朋友，長途跋涉跑來拜訪他。聽說對方有十萬火急的事情，想要私下和帕烏羅牧師商量。現在帕烏羅牧師正在懺悔室，聽那位老朋友說話呢。」

「哈哈，很有師父的風格呢。」

當地居民不管大小事，都會找帕烏羅幫忙。

即使有外地的人不遠千里跑來找他求助，也沒什麼好奇怪的。

亞伯爾如此心想，跟著悠伊前往了教會的談話室。

「……那麼，今天要唸哪一本書呢？」

收留在這間教會的九名小孩，全都來到談話室集合。

這些小孩年僅五到十歲，他們都把亞伯爾當作自己的哥哥看待。

小孩子們為了要讓亞伯爾唸什麼書，你一言我一語地大呼小叫，眼看就快吵起來了。

「好了好了，不可以吵架。就像之前一樣，照順序來好嗎？」

亞伯爾帶著苦笑，安撫那些小孩。

「呃……所以，今天換誰選書了呢？」

「換悠伊喔～」

悠伊面露天真無邪的笑容，舉手說道。

「輪到悠伊了嗎？所以呢？妳希望哥哥唸哪一本書？」

「嗯～我想想～」

亞伯爾溫柔地徵詢意見後，悠伊猶豫似地東想西想。

「這本書好了～」

不久，她「嘿咻」一聲，從書櫃抽出一本書，高舉到亞伯爾面前。

「那是……」

看到那本書的封面，亞伯爾微微地瞇起眼睛。

那本書的書名是『虛假的英雄・阿爾貝特・弗雷澤傳記』。

「呃……那本書嗎……」

「咦？怎麼了？亞伯爾哥哥？」

「你討厭這本書嗎？」

悠伊和其他孩子發揮了小孩特有的敏感神經，察覺到亞伯爾似乎提不太起勁，不禁感到納悶。

「沒、沒有啊……怎麼會討厭呢？……不過妳堅持要我唸這本書嗎？」

「嗯！因為其他的書早就聽膩了。」

「好嘛好嘛，快點唸嘛，大哥哥～！」

「快點！快點！」

或許是被書名的『英雄』兩個字吸引了吧。

現場所有小孩都對悠伊挑選的書產生了興趣。

「這、這本書啊……那個，悠伊……其他書真的不行嗎？」

亞伯爾以有些僵硬的表情，如此提議。

「咦～我不要！悠伊就是想聽這本書！大哥哥都幫其他人唸他們喜歡的書，為什麼悠伊就不行!?」

悠伊這麼表示，兩邊的腮幫子脹得鼓鼓的。

「哥哥！你就唸那本書嘛！那不是英雄的故事嗎!?」

「好厲害！英雄真的好棒！」

狄恩和庫萊普等人已經興致勃勃了。

「……真拿你們沒轍。」

亞伯爾認輸了。

坦白說，阿爾貝特・弗雷澤的人生故事並不適合唸給小孩子聽。

不過，或許這也是幫助他們成長為大人的學習之一吧。

（我盡量用簡單的字眼和委婉的方式說給他們聽好了……）

轉念一想後，亞伯爾接過書本，在沙發坐下。

「好，大家坐近一點。」

悠伊在亞伯爾身旁坐下，其他小孩子也圍了上來。

亞伯爾打開書本，一邊在腦海裡簡略概括內容，一邊放慢聲音朗讀。

——

阿爾貝特・弗雷澤。

有別於其他名留青史的英雄，這個名字基本上不會出現在傳說、歷史書、紀錄及教科書等資料上。

只有極少數的人聽說過這個名字，若非精通此道的專家，或許根本不會觸及和談及這個名字吧。

若非讀過這種出自於熱愛歷史的狂熱分子筆下的罕見書籍，過著一般生活的人，基本上不可能會認識這個名字。

他是被埋葬在歷史的黑暗中，遭世人遺忘的『無名英雄』。

——不過，凡是知曉這名人物的人，肯定都會用『虛假的英雄』來稱呼他。

為什麼？

這是因為，他以英雄之姿所走過的軌跡及做過的行為，都是背離了人類的規範、非常殘忍無道的事。

他的確拯救了很多人。是他們的救世主。

可是他在拯救了許多人的同時，也有無數無辜的民眾犧牲。

冷血無情，數字的信徒——沒有比這更貼切的字眼可以用來形容他。

『捨棄一，拯救九』。

這是阿爾貝特・弗雷澤貫徹生涯的不變主張。

可是，如果這樣的主張，是發自他內心深處的願望、是源自希望拯救更多天下蒼生的意念，那也就罷了。

然而事實並非如此。

他是復仇之鬼。

他被憤怒、絕望與憎惡附身，一輩子都無法擺脫。

他戰鬥的目的，是為了追尋在他幼少時期殺害了他全家的仇敵。

他之所以奉行『捨棄一，拯救九』這套原則救人，單純只是因為這個做法是能以最高效率尋獲那個仇敵的手段。對他而言，救人只是手段，而非目的。

就這樣，他為了找到仇敵報血海深仇不斷戰鬥，不斷救人也不斷殺人。

透過連國家也被逼得必須隱瞞他的存在的殘忍手段，不斷救人和不斷殺人。

他持續衝刺和戰鬥，心中只有復仇。

理所當然地，所有人都害怕他、疏離他，沒有人可以理解他。

就連被他拯救的人也對他心懷恐懼，保持距離。

即使如此，他還是繼續戰鬥、繼續戰鬥、繼續戰鬥——

最後，他被唯一信任的朋友，從背後開了一槍，就這樣唐突地結束了鮮血淋漓的生涯。

也因為他的殘忍無道，所有人都忘記了他的豐功偉業，唯一牢記在心的，只有他犯下的諸多惡行。

被視為禁忌人物的他，名字從所有的紀錄被抹除。

到頭來，他沒有找到仇敵，也沒有達成任何宿願。

就只是孤單地，葬身在淒涼的荒野。

在不會有人獻上任何一朵花的蕭瑟荒野，孤獨地長眠——

——

「……虛假的英雄阿爾貝特・弗雷澤的故事到此結束……嗚哇。」

「碰」的一聲闔上書本後，亞伯爾赫然發現四周的小孩子，儼然陷入了葬禮狀態。

所有人都死氣沉沉，露出呆滯的表情，顯得鬱鬱寡歡。

悠伊更是眼眶掛著淚珠，還吸著鼻水。

亞伯爾自認已經把故事改編得很溫和了，即使如此，這個內容對小孩子而言還是深具衝擊性。

不過這也不能怪他們。畢竟這個年紀的少年少女，經由英雄這個字眼想像的，肯定是更為多采多姿，又帥氣，令人充滿憧憬的故事。

（如、如果是唸『劍姬艾薇特』之類的故事就好了！果然我該不由分說就拒絕他們的……）

覆水難收，後悔也來不及了。

好吧，接下來該怎麼安慰他們呢……亞伯爾嘆著氣傷腦筋。

「欸欸，亞伯爾哥哥……」

這時，悠伊唯唯諾諾地開口發問。

「有什麼問題嗎？悠伊。」

「那個……為什麼阿爾貝特他那麼堅持要復仇呢？到頭來，阿爾貝特到底想做什麼？」

「這個嘛，我也不是很清楚耶。」

亞伯爾面露複雜的表情搖頭。

「或許是他真的很愛失去的家人。也可能是因為喪失了理智，眼裡只剩復仇的選擇。不過，不管我們怎麼猜測也沒用，就像這本書裡面所寫的，直到最後，都沒有人可以理解他的想法……說不定，就連他也搞不懂自己吧……死人無法說話。只能說真相就埋藏在黑暗裡了。」

「那個……就連阿爾貝特唯一的朋友，也無法理解他嗎？」

「嗯，我也不知道那個朋友是怎麼想的。或許是因為可以理解，為了拯救他，只好出手阻止嗎？又或者是因為無法理解，覺得這樣的阿爾貝特太可怕了，所以才出手阻止？總覺得這兩個都是對的，又覺得好像都是錯的。」

「怎、怎麼會……可是這樣也太……」

悠伊似乎是感性很豐富的小孩。只見她的眼眶流下了一道熱淚。

「我想，只能說阿爾貝特・弗雷澤……實在太難以救贖了。」

亞伯爾輕摸悠伊的頭，這麼安慰她。

悠伊突然緊緊抱住了亞伯爾的胳臂。

彷彿深怕亞伯爾消失不見，要把他留在這裡一樣。

「……怎麼啦？悠伊。」

「欸……亞伯爾哥哥……你以後會當英雄，對吧？」

「！」

亞伯爾微微瞪大眼睛，等悠伊繼續把話說完。

「帕烏羅爸爸說……亞伯爾哥哥是遲早有一天可能會成為『英雄』的厲害人物……說你會愈來愈強……」

「…………」

「亞伯爾哥哥……你會不會有一天變得太強……然後當上英雄……最後變成跟阿爾貝特・弗雷澤一樣的悲劇英雄呢……？」

悠伊也知道亞伯爾在一場不幸的事故中痛失雙親的事情。

所以她才會發揮小孩子特有的想像力，做出這種聯想吧。

悠伊鐵青著稚嫩的臉龐，因為發自內心的不安而感到動搖。

亞伯爾只是面帶溫和的微笑，輕輕地摸了她的頭。

「放心啦。我絕對不可能變成跟阿爾貝特・弗雷澤一樣。」

「真的嗎……？」

「嗯，當然是真的。至、至於我能不能當上英雄，就先姑且不提了……」

亞伯爾有些難為情似地咳了一聲後，繼續說道：

「確實，阿爾貝特的一生十分悲劇化。很難有比這更悲慘的遭遇。可是呢……那也是無可奈何的事情。因為阿爾貝特犯了一個致命性的錯誤。」

「……錯誤……？」

「沒錯。『復仇不會產生任何助益』……阿爾貝特直到最後的最後，仍無法理解這個天經地義的簡單道理。」

亞伯爾向頻頻眨眼的悠伊說道：

「而且……到頭來，阿爾貝特沒有真正的夥伴。他甚至沒有真心信任那位唯一的朋友。他只想獨自承擔一切。所以，他最後會以悲劇的形式迎接死亡，也是莫可奈何的。只能說是自作自受。」

「亞伯爾哥哥，你不會變成像他這樣嗎……？」

「不會啦。」

亞伯爾挺起胸膛回答，試圖讓悠伊放下心來。

「我確實也跟阿爾貝特一樣，失去了重要的家人。可是……我現在之所以一心想要變強，目的是為了保護姊姊和悠伊你們……為了保護大家。絕不是為了復仇。」

「…………」

「再說，我跟根本不信任朋友的阿爾貝特不一樣，我不是一個人。我有悠伊和姊姊，有帕烏羅師父……有大家陪著我。」

亞伯爾依序環視了四周小孩子們的臉，以強而有力的語氣保證。

「只要有你們在，我絕對不會做出錯誤的選擇。放心吧，我不可能變得跟阿爾貝特一樣的。」

聞言，悠伊擦乾眼淚，鬆了口氣似地破顏微笑。

「真的真的……？」

「嗯，真的。我跟妳保證。」

「這樣的話，哥哥你以後會成為受眾人愛戴的真正英雄囉？」

「嗯、嗯～？我成為英雄……？應、應該不太可能吧……」

「欸欸！哥哥，如果哪天你變成英雄，要娶悠伊當新娘喔！」

悠伊用力抱緊面露苦笑的亞伯爾胳臂。

「啊，悠伊好奸詐～～！麗塔也想當亞伯爾哥哥的新娘啦！」

「啊～露潔也要～～！」

麗塔、露潔、艾依琳、露露……其他女生也紛湧而上，抱著亞伯爾的身體不放。

「好、好了啦!?」

「欸，亞伯爾哥哥！別管她們了，我們來玩扮演正義魔法使的遊戲吧！我當正義的魔法使，哥哥當魔王喔！」

「等一下，庫萊普！讓我當正義魔法使啦～！」

「不要，今天輪到我了！」

見狀，庫萊普、狄恩、馬克斯、羅伊一幫男孩子也加入起鬨的行列。

「嗚、嗚哇！你們稍微冷靜一點——呀啊啊啊——！」

面對小孩子那特有的謎之壓倒性力量，亞伯爾完全束手無策，只能任其蹂躪。

「哎呀呀，好受歡迎喔，亞伯爾。」

這時，笑咪咪的亞莉雅，用盤子端著茶具和點心出現了。

「我想想……我要不要也報名當新娘候選人呢？」

「不、不要鬧了啦，姊姊。」

「呵呵，抱歉。」

亞莉雅開心地盈盈一笑後，把茶具擺到桌子上。

「好了，大家放開亞伯爾哥哥吧。飯後的點心時間到囉。」

瞬間──

「「「哇，有蛋糕！」」」

小孩子的興趣立刻轉移到擺放在桌上的蛋糕。

看到那個勢利的表現，亞伯爾也只能苦笑。

「哎呀呀，亞伯爾你被甩了呢。」

「啊哈哈，我很難贏得過姊姊妳親手製作的蛋糕啦……只能摸摸鼻子認輸。況且我本身也非常喜歡甜食，出自姊姊之手的甜點，尤其深得我心呢。」

「呵呵，我馬上泡茶。你也趁現在好好休息一下吧。」

「謝謝姊姊。」

就這樣。

亞伯爾、亞莉雅和九名小孩子，悠然自得地度過了平靜的夜晚──

教會設有所謂的『懺悔室』。

懺悔室由兩個小型包廂相連組成，兩個包廂各有出入口和房門，包廂裡的人看不見彼此的身影。

懺悔室中間的牆壁上有一扇小窗，方便兩個包廂內的人對話。而且室內在隔音上經過補強，是非常適合牧師聆聽信眾的懺悔和告解的隱密空間。

現在，有兩名人物，正處於懺悔室中。

其中一人是這間教會的管理者兼祭司，帕烏羅‧賽因斯。

在另一個包廂裡的，則是一名非常奇特的人物。

他是位中年紳士，身上披著刺有民族風格圖騰的寬鬆披風。

蓋住了眼睛的兜帽和黑髮遮住了紳士的半張臉，無法看清他的面容……不過從男子的舉止和氣質，不難看出他是身分相當高貴的貴族。

「話說回來……我們不知道有幾年沒像這樣直接見面了呢？艾薩克‧巴契斯男爵大人……」

隔著小窗口，帕烏羅以溫和的語氣向該名紳士——艾薩克開口說道。

「哈哈哈，艾薩克啊。真是令人懷念的名字。」

紳士覺得很有意思似地撇起了嘴角。

「自從我變成這樣以後，真的很久沒有人用那個名字稱呼我了，帕烏羅。況且現在的我以社會地位而言形同死人。我已經不再是擁有爵位和領地的貴族了。聽到那個稱呼，讓我覺得很奇妙哪。」

「唔，是嗎……那麼我換個稱呼方式如何？」

帕烏羅停頓了半晌後，充滿把握地開口了：

「——大導師大人。」

聞言，紳士——艾薩克帶著苦笑，以自然的口吻回答：

「隨便你怎麼稱呼吧。」

於是，帕烏羅隔著小窗口，恭恭敬敬地回應艾薩克。

「那麼，容我稱呼您為大導師大人好了……請問您今日登門造訪所為何事呢？」

「首先，我想提早讓你知道，『我』似乎快要到極限了。」

「噢？這一期的《繼魂法》的耐久值，終於到極限了嗎？」

「啊啊。雖然目前還有一點時間……不過最多只能再撐個兩、三年吧。這也沒辦法，畢竟距離上一次的繼魂，已經過好幾十年的時間了。」

「您已經找到下一個繼魂者的理想人選了嗎？」

「不用擔心。關於下一個『我』，我已經有屬意的對象了。」

「呵呵呵，那太好了。」

艾薩克向面露溫和微笑的帕烏羅說道：

「人選是某魔術師名門的當家……不僅如此，他對『墨爾卡斯天空城』懷抱有非比尋常的興趣與執著。也身懷驚人的魔術長才。」

「原來如此……條件無可挑剔是嗎？」

說到這裡，帕烏羅感到有些納悶。

「但是……您風塵僕僕親自跑來這麼偏僻的邊境地方，應該不是單純為了傳達這個訊息吧？」

「當然了。帕烏羅……我有新的使命要賦予你。」

艾薩克向帕烏羅下達了指示。

「我要你立刻動身前往鄰國的雷薩利亞王國。我替你安排了聖艾里沙雷斯教皇廳的某樞機卿的職位……接下來……不需要我明說吧？」

帕烏羅從這句話體察了一切，點頭稱是。

「……原來如此。終於要展開行動了嗎？……為了迎接結局，您花了好幾千年的時間，在這個世界安插的故事伏筆……終於準備要回收了。」

艾薩克靜靜地點頭回答：

「不過，突然提出這個突兀的要求，我也很內疚。你在這個地方進行某個研究已經很久了吧？同樣身為魔術師，要你為了使命放棄那個研究，實在是過意不去……」

「請放心。我的研究早已經大功告成了。是的……成果超乎預期。我可以毫無後顧之憂地進行下一個使命。」

聽了帕烏羅的說法後，艾薩克意外似地聳起肩膀。

「唔？已經完成了？既然如此，為什麼你還沒有實行，繼續留在這種邊境的鄉下地方？依你的個性，還挺教人意外的。」

「哈哈哈，其實我發現了另一個讓我感興趣的可造之材……噢，我只是把他當兒戲罷了。不然今晚就來進行那個儀式，接著展開下一個任務吧。」

「這樣啊。既然你都這麼說了，我也沒什麼好說的。」

然後，像是在表示對話到此結束般，艾薩克站了起來。

「接下來的事情就看你的了，帕烏羅。」

「是，一切包在我身上。『願天之智慧榮光常在』——那麼，後會有期了……大導師大人。」

帕烏羅畢恭畢敬地說道，透過小窗口窺看了隔壁包廂。

隔壁早已人去樓空。

…………

——當晚，在草木也沉睡的深夜時分。

偶然的是，今晚懸掛在天上的是第三日的新月，鎮魔的戰天加護，在此時效力最為薄弱。

亞伯爾會在這時從睡夢中醒來……也只能說是不祥的預感使然了。

「……？」

大概是從熟睡中突然驚醒的關係吧，亞伯爾的意識模糊得就像蒙了一層霧，頭暈腦脹地抬起了趴在書桌上的頭。

他似乎是鑽研魔術到一半，不小心睡著了。書桌上堆放著咒文書和謄寫了魔術式的羊皮紙，以及羽毛筆和墨汁壺。

燭台上做為光源的蠟燭已經快燃燒殆盡，左右搖曳的微弱火光朦朧地照亮著被黑暗籠罩的房間。

轉頭張望，這裡是亞伯爾在這間教會分配到的個人房間。除了木製書桌、床架、擺滿了魔術和神學相關書籍的書櫃以外一無所有，只是個用木板隔出來的煞風景小房間。

對亞伯爾而言，這是個稀鬆平常、早已見慣的景色。

可是在這時候——熟悉的景色卻感覺變得不一樣。

氣氛變質了。

這股氣氛給人的感覺，就像是整間教會被巨大又令人絕望的妖魔吞進胃袋裡——彷彿有種生理上、本能上的恐懼，就像毒液一樣從黑暗中滲透出來。

這裡是魔界，絕望的死地——當亞伯爾的靈魂如此告訴自己時……

噗通。

亞伯爾的心臟發出悲鳴，朦朧的意識也隨之完全清醒。

「……姊姊……？大家……？」

為什麼自己會不由自主地說出這幾個字呢？

亞伯爾沒有根據。仰賴的只有直覺。

亞伯爾受到接觸濃厚的死亡氣息便會亟欲迴避的本能，以及彷彿整個背脊都要凍結的絕望預感鼓動，手拿燭台起身離席，走出了房間。

「……到底是……怎麼一回事……!?」

噗通、噗通、噗通……

亞伯爾的心臟像是敲響警鐘般怦怦狂跳，感覺隨時有可能炸裂。

侵蝕全身的惡寒，讓他有種在嚴冬北海游泳的錯覺。

因過度換氣而從喉嚨深處發出的重喘，不斷在教會內部冷冷地反響著。

「小孩子們……姊姊……師父……大家到底跑去哪了……？」

不只兒童們就寢的大房間空無一人。

亞莉雅的臥房也空空如也。

而帕烏羅也理所當然似地不在自己的房間內。

黑漆漆的教會裡，只剩下亞伯爾一個人。

亞伯爾仰賴微弱的燭光，像幽鬼一樣在教會徘徊，尋覓其他人的身影。

除了教會居民的居住區以外，設有禮拜堂的內殿、祭室外圍的步廊、袖廊、身廊、側廊、鐘樓、前室、前庭乃至後庭……亞伯爾走遍了教會各個角落。

可是他沒有找到任何人，唯有某種致命性和絕望性的預感，呈現指數函數的形式往上暴衝

——異常的氣氛向亞伯爾的靈魂發出警告。

（這……這是怎麼一回事……？我有種不好的預感……我得快點找到大家……否則會發生無可挽回的事……就像五年前的那一天一樣……！）

在教堂外面巡過一輪後，亞伯爾回到了禮拜堂。

「在這種三更半夜……大家到底跑去哪裡了……？」

這時——

抬頭仰望禮拜堂祭壇的亞伯爾，意外發現了一件事。

從他的位置往上看，祭壇的十字架和後方花窗玻璃所形成的畫面，跟平常不太一樣。十字架有些往左偏。

亞伯爾反射性地低頭看了祭壇的底座。

「！」

雖然不是很明顯，可是祭壇確實有些往左偏。地板上可以看到祭壇移動過的痕跡。

亞伯爾順應直覺，從旁邊推動沉重的祭壇後……

「什麼……!?」

祭壇的地板下方，出現了一條通往地下的階梯。

「地下室……？這間教會什麼時候有地下室的……？」

亞伯爾完全不知道這件事情。他從沒聽帕烏羅提起過。

「…………」

不要去。不要進去。假裝沒看見吧。轉身離開忘掉這一切吧。

不知為何，本能向亞伯爾的內心發出這般警訊。

可是，亞伯爾像是被什麼東西附身似地，開始沿著階梯下樓。

叩、叩、叩……下樓的腳步聲在空間冰冷地迴盪著。

噗通、噗通、噗通……每踏下一塊階梯，心跳速度便隨之加劇。

過度換氣的症狀愈來愈嚴重。歪斜的世界。扭曲的方向感。漸漸遠去的聲音。耳鳴嚴重到感覺耳膜都快被震破了。心跳聲好吵。真想讓它安靜下來。

冷汗像瀑布一樣從全身噴發……即使如此，亞伯爾還是沿著樓梯繼續往下走……繼續往下走。

沒多久。

爬完階梯的亞伯爾，有種彷彿來到了地心深處的錯覺，出現在他眼前的是一扇鐵門。

「…………」

亞伯爾聽著血液在體內流動的聲音，凝視那扇鐵門……

半晌，他下定決心把手放在鐵門上。

……門沒有上鎖。

亞伯爾擦掉冷汗，做了大口的深呼吸後，緩緩地推開了眼前的鐵門。

隨著金屬摩擦的嘎吱聲響，門打開了。

座落在門後的，是一間天花板高得嚇人的寬敞地下室。

在那裡，亞伯爾看見了——

「——啊。」

地板上畫有讓人看了就反胃、感覺陰森可怕的魔術法陣。令人作嘔的豐沛黑暗魔力，在法陣上頭循環，執行著可怕的機能。

只見九個逆十字架，分別豎立在法陣的靈點上。

——天底下還有比這更慘絕人寰的行徑嗎？

在逆十字架上的，是九名身上刺滿了無數粗大的釘子，被釘在上面的小孩——他們正是亞伯爾最疼愛的弟妹。

從小孩子們被打入了釘子的手腳流出來的鮮血，彷彿活生生的生物似地蠕動，沿著逆十字架滑落，最後被下方的魔術法陣吸收。

不僅如此，地下室的四個角落，還有無數身分不明的屍骨堆積而成的屍山——

「啊啊啊啊啊啊啊啊啊啊啊啊啊啊啊啊啊啊啊啊啊——!?」

看到那個褻瀆且駭人的殘酷畫面，亞伯爾的精神發出再也無法負荷的悲鳴，當場崩潰了。

「亞伯爾！」

不過，亞莉雅的悲痛叫聲，在亞伯爾被徹底擊垮前，幫他維繫住了心智。

「亞莉雅姊姊!?」

定睛一瞧，只見亞莉雅身穿黑色新娘禮服，頭戴面紗，祈禱似地恭敬跪在魔術法陣的中心。

黑色新娘禮服的長長下襬，同樣被無數詛咒的釘子釘在地面上，釘子發揮咒術的效果束縛住亞莉雅的身體，使她失去了行動能力。

「怎、怎麼了!?這是怎麼一回事……!?」

「亞伯爾，不要靠過來！不然你也會被我『吸收』的！」

亞莉雅厲聲制止了打算衝上前的亞伯爾。

「不要管我了！先去救其他人……！其他人都還活著……！」

亞莉雅聲嘶力竭地大喊後，亞伯爾心頭一驚似地環視四周。

剛才太過心慌意亂，所以亞伯爾沒有發現。亞莉雅說的沒錯，儘管氣若游絲，不過那九名兒童仍有呼吸。只要盡早以法醫術治療，應該還能保住性命。

「你聽我說，亞伯爾！與我個人的意志無關，現在我正在吸取那些孩子的靈魂！」

亞莉雅突然說出的真相，使亞伯爾的腦筋一時轉不過來。

「嗄……？為、為什麼……妳會吸取他們的靈魂……？」

「再不釋放他們，那群孩子全都會死掉的！不是只有這樣而已……他們的靈魂會被囚禁在我的體內，甚至無法獲得死後的救贖！永遠飽受痛苦折磨！」

莫名其妙。莫名其妙。莫名其妙。

為什麼會變成這樣？亞伯爾的思考完全跟不上現實。

「快……快點解救那些孩子……拜託你了……沒錯——」

聽了亞莉雅的下文後，亞伯爾有種世界天崩地裂的感覺。

「——請你殺了我。」

「什——」

亞伯爾半晌說不出話來。

他花了很長一段時間，咀嚼那句話的涵義。

好不容易等那句話的意思在他腦中具體成形後——霎那……

「我不要————————！」

亞伯爾就像賴皮的小孩子，吼出了抗拒的叫喊。

「為什麼!?為什麼啊!?為什麼我非得殺死姊姊!?」

「要阻止這個儀式，只剩下那個方法了！拜託，你要諒解——」

淚流滿面的亞莉雅，向放聲吼叫的亞伯爾懇求。

「我不想吃掉那些孩子！不想殺死他們！只要殺了我……只要犧牲我一個人，那些孩子就能得救了！所以——」

『犧牲一個以拯救其餘九個』——

只要用魔術殺死亞莉雅，其他小孩就能得救——簡而言之，就是這麼一回事。

「不要、不要，我不要————————！」

亞伯爾歇斯底里地大叫，同時著手對抗束縛住亞莉雅和小孩子們的魔術法陣。

「那種像是阿爾貝特・弗雷澤才會幹的事，我辦不到！我不只要拯救姊姊，也要拯救孩們！我要守護所有一切！這才是我變強的目的──！」

然後，他唱出了咒文。

「《終結吧天鎖・靜寂的基底・天理的頸軛在此解放》──！」

黑魔儀【消去之術】。

亞伯爾試圖藉由魔力，把解咒式直接寫在被詛咒的魔術法陣上。

然而──

「啪嘰！」他的手指一碰到魔術法陣，立刻就被彈開。

魔術往亞伯爾的身體逆流，使全身各個部位受到破壞，血花四濺──

「咕啊……!?咳咳！啊嗚……怎、怎麼會這樣……？」

「亞伯爾！住手！憑你是不可能解除這個魔術法陣的！你應該也看出來了吧！設計這個法陣的人是──」

「住嘴！就算賭上這條命，我也要拯救大家……拯救姊姊……！」

亞伯爾堅持己見，開始奮不顧身地和魔術法陣進行對抗。

可是不管試多少次，結果都失敗了。憑亞伯爾的解咒技術，別說是解除這個魔術法陣了，他連術式都摸不到。

依亞伯爾目前的實力，大部分的解咒都難不倒他。即使他想當專門的解咒師，也不成問題。

可是——眼前這個被詛咒的魔術法陣，已經屬於另一個次元了。

簡直是天壤之別。亞伯爾和設下這個魔術法陣的術者實力相差懸殊，那不是靠拚命努力和毅力就可以克服的。

「嗚啊啊啊啊啊啊啊啊啊啊啊啊啊——!?」

「拜託！快住手，亞伯爾！會連你都賠上性命！求求你——」

亞伯爾鍥而不捨地繼續解咒，但每次的結果都是全身噴血，被法陣彈開，亞莉雅也只能一次又一次地發出悲痛的叫聲。

即便傷到渾身是血，亞伯爾還是執意使出自己所有的解咒術絕活，試圖解除法陣。

不過，這一切的努力悉數成為泡影。

就在亞伯爾執著自己的做法時，孩子們的鮮血與靈魂不斷被亞莉雅吸取……

「拜託你！亞伯爾！殺了我——救救孩子們——！」

「我不要——————————！」

——然後……

「啊……」

亞伯爾面露呆滯的表情發出咕噥，兩腳一軟跪了下來。

「嗚……嗚咿……嗚嗚……亞伯爾……」

法陣中央的亞莉雅所發出的啜泣聲，在地下室空洞地迴響。

亞伯爾抬起死氣沉沉的臉，無力地環視四周。

被釘在逆十字架上的九名小孩，早就像木乃伊一樣化成人乾死亡了。

悠伊、麗塔、露潔、艾依琳、露露、庫萊普、狄恩、馬克斯、羅伊，他們一動也不動。變成了一具具再也不會動的冰冷屍骸。

以人類結束生命的方式而言，他們的死狀和遺體可說是非常淒慘、毫無救贖。

那些小孩子的性命和靈魂，如今已經完全被亞莉雅吸收到體內了。

「……為什麼……？……為什麼會這樣……？」

亞伯爾兩隻手撐在地上。

「我、我……我只是想拯救大家而已……」

當亞伯爾身陷深沉的絕望，頭暈目眩得幾乎快吐出來時……

叩。

地下室的入口附近傳來了輕微的腳步聲。

「亞伯爾，我不是告訴過你了嗎？現實是真的會有被迫必須做出那種抉擇的時候……」

一個更為可怕的絕望——出現在亞伯爾面前。

其實亞伯爾早就心裡有數。他非常地明白。

這一帶有能耐做出這種事的人，不用想也知道是誰。

但亞伯爾不願承認。他閉上眼睛，摀住耳朵，想要守住他盼望的世界。

可是現實就是如此殘酷——

「你還太天真了呢。如果心靈不堅強一點，是無法拯救任何人的喔？」

「帕烏羅師父————！」

亞伯爾抱著痛心泣血的心情從地上站起來，朝現身在他背後的人物——帕烏羅放聲咆哮。

面對亞伯爾的咆哮，帕烏羅把雙手揹在身後，臉上掛著熟悉的聖人笑容，顯得堂堂正正，不為所動。

「帕烏羅師父！這到底是什麼意思!?為什麼要對我姊姊……要對大家做出這種可怕的事情!?到底為什麼──!?」

「冷靜一點。別大呼小叫了，等著看重頭戲吧。看……《葬姬》要誕生了。」

帕烏羅無視亞伯爾恫嚇般的質問，口氣溫和地如此回答。下個瞬間──

亞伯爾的背後，響起了淒厲的哀號。

那是亞莉雅的慘叫。

亞伯爾立刻回身一瞧，只見身穿黑色新娘禮服的亞莉雅全身浮現血文字，而且那些文字顯得又紅又火燙。

「啊啊啊啊啊啊啊啊啊啊──!?不要！好燙！好、好難受……啊啊啊啊啊啊啊啊啊啊啊啊啊啊啊啊啊啊啊啊啊啊啊啊啊啊啊啊啊啊啊啊啊啊啊啊──!?」

即使飽受折磨，亞莉雅還是維持看似在祈禱般的姿勢，連想要掙扎也沒辦法，只能發出充滿絕望氣息的苦悶尖叫。

「姊、姊姊!?妳怎麼了!?」

「救、救命……亞伯爾……我、我要『變身』了！我將會消失，變成不是我的某種東西……啊啊啊啊啊啊啊啊啊啊啊啊啊啊啊啊啊啊啊啊啊──！」

當著束手無策的亞伯爾的面，亞莉雅以驚人的速度開始變質。

只見她全身爆發性地噴發出暗紅色的邪惡魔力。

一雙眼睛變成鮮紅色。長髮如血一般染成了暗紅。

樣貌可怕的角，從頭部兩側刺出。

隨著嗶嘰嗶嘰的聲響，背部長出了單隻黑色翅膀。從頭到腳全身爬滿了紅色的圖騰。

充斥整個地下室空間的魔力不斷高漲，彷彿沒有極限——不久，挾帶著驚人壓力的魔力在空氣中呈現飽和狀態，超過臨界點後隨之炸裂。爆發。

從而引發的魔力暴風，不只吹散了四周的法陣和十字架，也把十字架上孩子們的屍體吹得粉身碎骨——

「什麼——……」

彷彿世界末日般的暴風，在無路可逃的地下室肆虐。

不久，一名女子拍動著黑色翅膀，穿過暴風，出現在亞伯爾面前。

身穿妖豔黑色新娘禮服的那名女子，即使她的氣息、靈魂和本質已經脫胎換骨，即使她的身體已經變成異形，那張臉依然長得跟亞莉雅如出一轍——

直到這時，亞伯爾終於認清了事情再也無可挽回——自己已永遠失去了亞莉雅的殘酷事實。

「六魔王之一《葬姬》雅麗莎爾……」

帕烏羅那得意的語氣，就像在向人介紹自己珍藏的紅酒一樣。

「沒錯，她就是雅麗莎爾。傳說中能和最強的惡魔《黑劍魔王》梅維斯匹敵的，第八園支配者《葬姬》……這就是她的真面目。」

「這是……怎麼一回事……？」

「不過，亞莉雅只能算是雅麗莎爾的分靈……只是雅麗莎爾這個強大概念的一小部分。不過，即使只是分靈──」

「我問你這是怎麼一回事！回答我，帕烏羅──────！」

看到亞伯爾激動大叫的模樣，帕烏羅一臉納悶。

「唉……亞伯爾。我還以為你是聰明的孩子呢，沒想到腦筋這麼遲鈍。都已經進展到這個地步了，你還沒發現嗎？讓亞莉雅覺醒變成《葬姬》雅麗莎爾……這就是我打從一開始就設下的重大目標。」

「嗄……？」

「亞莉雅的靈魂有一小部分是雅麗莎爾的分靈……嗯，要說她具有雅麗莎爾靈魂的碎片也沒什麼不對。話雖如此，那就類似她的隱藏人格……如果平凡地活下去，或許一輩子都不會發現那個靈魂碎片的存在吧。

不過如果能成功使那個靈魂碎片覺醒，身為大惡魔的人格就會塗改、支配她的一切，雅麗莎爾將降生到這個世上來。」

「姊姊她……有雅麗莎爾的分靈……？」

《葬姬》雅麗莎爾。凡是研讀過神學的人，都知道這個名字。

根據『炎之七日間』這段源自聖典・舊約神譚錄、就連艾里沙雷斯聖書也有收錄的記載，雅麗莎爾是在人與天使與惡魔的最終大戰中，使用紅與藍的雙魔槍，單槍匹馬殲滅了萬名天使大軍，掌管破壞與鬥爭的修羅大惡魔。

「雖然只是分靈……但是身為惡魔召喚士，還有什麼比操控六魔王之一更值得驕傲的事情嗎？」

「帕烏羅師父……你是惡、惡魔召喚士……？」

亞伯爾不可置信似地喃喃說道。

「沒錯。我也不清楚為何《葬姬》雅麗莎爾的分靈會存在亞莉雅的身上。不過世界這麼遼闊，歷史如此悠長，偶爾就是會發生這種令人費解的事情。而且亞莉雅的存在，對我而言正是把雅麗莎爾納為下僕的大好機會。」

帕烏羅以穩健且溫柔的語氣，向神情呆滯的亞伯爾說道。

那個語調像是在細心教導學習能力不佳的學生。

「不過，就算是分靈，想讓魔王級的大惡魔覺醒，勢必得準備數量非常龐大的活人祭品，或者可以與之相提並論的引火線。

如果使用一般的魔術手段，光靠一、兩座城市的靈魂數量根本不夠。要讓魔王級的大惡魔覺醒只是一場空談。

可是，長年做為惡魔召喚士，我的研究終於開花結果。有種純潔無垢的靈魂名為【適合者】，這種靈魂具備有特殊的魔術特性，可以成為一種概念存在的媒介……如果使用對雅麗莎爾的靈魂有明顯感應的靈魂，便可以大幅減少必要的活人祭品靈魂數量。不過，要找來九個【適合者】本身也是一件非常浩大的工程啊。畢竟【適合者】是一種極為罕見的特性……」

「什麼……」

亞伯爾受到了彷彿後腦勺遭到重創的衝擊。

「師父……難道……你……你……！」

可怕的真相水落石出了。

亞伯爾不願相信。也不敢置信。可是所有的狀況都指向了那個事實。

也就是說——

「你……之所以在這間教會收養了亞莉雅姊姊……還有那九個小孩子……單純只是為了讓《葬姬》雅麗莎爾變成自己的下僕嗎……!?」

聞言，帕烏羅不可思議似地歪著腦袋，向亞伯爾露出微笑。

「……不然呢？還有其他原因嗎？」

「…………」

這個……

這個比汙穢的泥沼還要深沉濁黑的邪惡——這個比糞蛆還要不如的畜生——這個邪門歪道

——

就是老是擺出一副聖人模樣的帕烏羅，他的本性嗎？

若是如此，自己到底有多麼有眼無珠？

「啊啊啊啊啊啊啊啊啊啊啊啊啊啊啊啊啊啊啊啊啊啊——！」

針對帕烏羅和自己的滿腔憤怒，讓亞伯爾處在熊熊燃燒的地獄業火中。

既然自己有眼無珠，接下來的事情也就沒什麼好驚訝的了。

帕烏羅輕輕揮了一下手，瞬間在四周的空間畫出三個六芒星法陣。

受到在法陣流動的邪惡魔力驅動，半空中浮現了門——從中被召喚出的三個女惡魔，儼然是帕烏羅的保鑣。

亞伯爾曾經看過那三個惡魔——這一點也不值得大驚小怪。

沒錯，那正是五年前攻擊亞伯爾的故鄉，並殺死他的父母及所有村民的惡魔。

而帕烏羅理所當然般率領著那三個惡魔——這同樣不是什麼令人訝異的事情。

「這一切……這一切都是你幹的好事——！」

帕烏羅就是整起悲劇的元凶。

他就是屠殺全村、殺害了父母親的幕後黑手。

一切——都是為了得到亞莉雅、得到《葬姬》雅麗莎爾。

「帕烏羅——！你到底是什麼人——!?」

帕烏羅若無其事似地，回答了痛苦得快吐出血的亞伯爾：

「我？我是天之智慧研究會・第三團《天位》【神殿的首領】——帕威爾・福勒。以所羅門的戒指，率領魔界的三十六惡魔將與666的惡魔軍團，恐怕是世界上最古老，也是人世間等級最高的惡魔召喚士。」

「……什麼……天之智慧研究會……!?」

「而且，我要的不只是這樣的力量而已……這也是為了幫助敬愛的大導師大人。」

「第三團《天位》……!?大導師……!?」

亞伯爾懷著巴不得將帕烏羅粉身碎骨的憎惡與憤怒，帕烏羅此時向他做出了提議。

「我給你一個機會吧。亞伯爾。」

「機會……!?」

「沒錯，其實我非常賞識你做為魔術師的才能。這也是為什麼我會配合你玩起家家酒，就像真正的父親一樣愛你、對待你。為了把你這塊寶石的原石磨練到極限。」

「…………!?」

「愛才能真正使人變強。即使用拷問的方式強迫一個人鍛鍊得更強，也無法真正派上用場。組織的殺手……那群不成材的廢物，就是最好的例子。讓你這樣的天才只發揮那種程度的價值，未免太『可惜』了。」

亞伯爾不是很清楚他想表達的意思，但是聽得出來那是種邪門歪道。

「實際上，你也符合我的期待，漸漸成長為超一流的魔術師……所以我要給你一個測試，亞伯爾。」

帕烏羅指著變成了異形的亞莉雅說道。

亞莉雅依然維持著祈禱般的姿勢，站在魔術法陣中央。

「目前她處於完全受到我的惡魔制御式控制的狀態，不過……我還沒設定誰是成為她主人的契約者。亞伯爾，你用我傳授給你的惡魔召喚術與她締結契約，讓她成為你的契約惡魔——下僕吧。」

「——!?」

「如果你能通過這個測驗，我就允許你加入天之智慧研究會。你將做為我的左右手，為崇高的大導師大人奉獻。如此一來，或許總有一天，你也能抵達現在的你仍無法理解的，偉大天之智慧的境界……動手吧。」

「要我和姊姊締結契約……!?開什麼玩笑……!追根究柢，我根本不記得自己學過惡魔召喚術這種邪惡的外法——……」

霎那，一股閃電般的衝擊，穿過了亞伯爾的腦袋。

那股衝擊讓亞伯爾不禁摀著腦袋，腳步踉蹌。

帕烏羅剛才似乎動了什麼手腳。那衝擊導致亞伯爾回想起一切。

亞伯爾忍著腦袋快裂開似的痛楚，跪在地上喘息。

「啊——……」

為什麼之前完全沒有發現呢？

如走馬燈般在腦海裡流動的諸多畫面——

啊啊，沒錯——……

在空洞的眼睛所映射出的單色調世界中，在彷彿蒙上了一層霧的意識之中。

長久以來，帕烏羅不停將駭人聽聞的外法知識，以及邪法奧義灌輸給自己——

「……你回想起上課的內容了嗎？亞伯爾。」

「～～～～!?」

帕烏羅若無其事的詢問，讓亞伯爾像是要把臼齒咬碎般，用力咬牙切齒。

沒錯。帕烏羅在亞伯爾渾然未覺的情況下，除了教授一般的魔術以外，同時也偷渡了惡魔召喚術的指南。

單純只是亞伯爾以前無法認識到這個事實。因為他的記憶被封印了。

所有一切都在帕烏羅的掌控中——不過如此罷了。

「惡魔的降生通常都需要人類的靈魂。因為我不想無端製造騷動，所以過去從來沒讓你親自實踐過……不過，現在的你應該可以隨心所欲地使用惡魔召喚術了。」

「嗚……啊……我……!?」

亞伯爾摀著頭往後倒退。帕烏羅步步進逼。

「亞伯爾，我相信你有能力支配《葬姬》雅麗莎爾，讓她成為受你擺布的下僕。好了，動手吧……快點！否則的話……你只有死路一條。」

帕烏羅的存在感瞬間爆發。

從他身體噴發出的魔力，豐沛得令人心生絕望──

明明帕烏羅只是像平常一樣面露微笑，他看起來卻像蟄伏在地獄深處的駭人怪物。

「啊……啊啊啊啊啊……！怎麼……可能……!?」

這個當下，亞伯爾因恐懼與絕望而明顯露出了戰慄的模樣。

帕烏羅到底是何方神聖？

這股扭曲的力量，這副駭人的姿態，真的是人類嗎？

這股與其說是超出人類範疇，不如說根本不屬於這個世界的力量……讓人有種彷彿他早已經……不是人類的感覺。

隨侍在帕烏羅身旁的三個惡魔，以及亞伯爾身後的亞莉雅也都是惡魔。雖然從她們身上也能感受到足以打壓對峙者的強大存在感與魔力，可是跟帕烏羅相比，簡直是小巫見大巫。

去思考他們的實力差距有多大，只是一種愚蠢的行為。

雲泥之差已不足以形容，兩者力量的懸殊程度宛如宇宙的兩端。

「哎呀？怎麼啦？你該不會以為我這個真正的惡魔召喚士，會比聽命於我的惡魔還弱吧？」

噴發出邪惡力量的帕烏羅，臉上掛著無比溫和的微笑。

面對這樣的帕烏羅，亞伯爾的靈魂發出了顫抖的聲音，理智在逐漸鬆動。

啊啊，好想屈服。好想跪下去。好想不再抵抗，接受一切，放棄一切，讓自己解脫。

可是，即使如此……

「這種事情……我做不到……！」

亞伯爾站了起來。憤怒與憎惡——現在的他所僅有的一切，刺激了他的靈魂。

「帕烏羅師父，你背叛了我！你背叛了我們！我饒不了你……絕對無法原諒！殺……我要殺了你，帕烏羅————！」

「有勇氣。可是也很愚蠢。」

面對那股彷彿要將亞伯爾的世界焚燒殆盡的憎惡，帕烏羅只是付之一笑。

「喔喔喔喔喔喔喔喔喔喔喔喔喔喔喔喔喔喔喔喔喔——！」

亞伯爾拔腿衝刺，向帕烏羅發動突擊。

「唔……可惜了，沒辦法。」

見狀，帕烏羅揮舞了一下手。

於是三個惡魔襲向了高速直衝而來的亞伯爾。

「亞伯爾。你就讓我的下僕吃進肚子裡吧——」

眼看亞伯爾就要束手無策，被高出他好幾顆頭的巨軀和粗壯的手臂輾殺——

——就在那個瞬間……

亞伯爾的速度突然快到讓人無法看清楚他的身影。

他就像在地上奔竄的閃電，穿梭在三個向他發動攻擊的惡魔之間。

與此同時，亞伯爾以手指在惡魔們的身體刻下魔力文字，署名某個名字。

『《律令下命・回歸吧異形之魔・返回屬於汝的場所》——《以魅惑之王的名義》。』

瞬間，三個惡魔停止了動作，只見她們的身體裂解成瑪那的粒子，像兒戲般漸漸消滅——

「什麼！居然用上位惡魔的真名與命令，把下位惡魔遣返魔界嗎！」

帕烏羅發出驚愕的聲音。

「沒錯，她們是魅惑之王悖爾貝洛斯的三大寵姬，分別掌管『嫉妒』、『依存』與『獨占』……能看破她們的真名確實了不起，值得讚賞。」

帕烏羅無視被遣返的惡魔殘渣，只是以尊敬的目光注視朝著自己殺來的亞伯爾。

「沒想到，你竟然能以如此精湛的方式，把我傳授的惡魔召喚術知識應用在送還術上……確實是有這樣的技術存在，可是我從沒教過你。連這種技術你都能無師自通，亞伯爾，你的才能果然出眾。」

「《雷槍啊》——！」

亞伯爾一邊衝刺，一邊大聲唱出一節咒文。

黑魔【穿孔閃電】。只見亞伯爾的左右手前後各射出了一發雷閃。

雙重詠唱。如此犀利的絕技，令人難以相信他是年僅十四歲的少年。

「噢噢……」

帕烏羅先是扭身閃過高速射來的第一發雷閃後，接著用手背擋開鎖定破綻射來的第二發雷閃。

帕烏羅在電光石火間，完成了防禦的行動。

不過，這一瞬間就足以讓亞伯爾拉近距離，撲到他的面前——

「《原初之力啊・附著在我的爪牙・綻放猛烈的光輝吧》——！」

然後他唱出了黑魔【武器附魔】，把超密度的魔力附魔在自己的右手——

「喔喔喔喔喔喔喔喔喔喔喔喔喔喔喔喔喔喔喔喔喔喔喔——！」

最後把衝刺的動能也灌注到手刀上，朝著帕烏羅的臉部刺去。

無論威力、速度、時機，全都完美無缺。

如果是一般的對手，這一擊足以砍掉對方的頭部十次仍綽綽有餘。

但——他的對手是魔人・帕烏羅。

明明亞伯爾的手刀充滿了若貿然亂碰，手指很有可能會斷掉的魔力，然而……

「唔，氣勢不錯。」

帕烏羅卻在沒有任何防護的情況下，直接一把握住亞伯爾的手刀，壓制住了他的突擊——

「滾吧。」

只見他抓住亞伯爾轉了一圈，輕而易舉地將他整個人拋飛。

被水平拋飛的亞伯爾一籌莫展，背部硬生生地衝撞上了石牆。

「咕啊啊啊啊啊啊啊啊啊啊啊啊——!?」

在石牆上撞出了大洞的亞伯爾不支倒地。那股衝擊讓他斷了好幾根肋骨。

「……可惜，你還太嫩了。」

帕烏羅把雙手揹在背後，慢條斯理地走向亞伯爾。

「咳……嗚……！」

亞伯爾強忍著彷彿全身骨頭快散掉的傷害與劇痛，露出竭盡死力的表情從地上爬了起來。

「《金色的雷獸啊・在地表疾馳・於天空飛舞吧》——！」

亞伯爾展現出咬牙苦撐的意志與氣魄，決心要殺死對方，大聲唱出咒文。

霎那，亞伯爾的腳下出現了閃電的五芒星法陣。

無數的雷球散布在四周，雷電風暴的淫威籠罩了這一帶的範圍，毫不留情地漸漸吞噬了走上前來的帕烏爾。

亞伯爾發動的是黑魔【電漿領域】——B級軍用魔術。

小小年紀就能使用B級的軍用魔術，按理說，這是任誰都會感動地為他讚美的一件事吧。

然而——他的對手是魔人・帕烏羅。

「呵呵呵……面對比自己更強的對手，以範圍攻擊制壓是基本功夫。很好，你有乖乖照我教的做。」

到底，要經歷過什麼樣的修練，才能做到像他一樣呢？

帕烏羅甚至沒有唱咒，他只是利用在身體表面張開的一層薄薄魔力，便化解了那股毀滅性的破壞威力，走起路來依然從容自在。

明明這是一發就足以消滅一支軍隊的大咒文，對帕烏羅卻完全發揮不了牽制效果。

有著老人模樣的絕望，面帶著溫和的微笑，悠哉地逼近亞伯爾——

「啊、啊啊啊啊啊啊啊啊啊啊啊啊啊啊啊啊——！」

但亞伯爾不能讓自己屈服於絕望。

透過咆哮振奮士氣後，亞伯爾向帕烏羅伸出左手，大聲唱出下一個咒文。

「《雷光的戰神啊・用你的暴怒和槌子・消滅所有的一切吧》——！」

亞伯爾祭出了自己知道的所有奧義，向絕望正面挑戰。

那是一場宛如地獄般的魔術戰。

翻騰的火焰熊熊燃燒，凶暴的雷霆在咆哮，絕對零度的凍氣肆虐。

亞伯爾釋放所有魔力唱咒，唱咒再唱咒。

但帕烏羅卻連咒文也沒唱，單憑簡單的魔力操作，就抵銷所有的咒文攻擊。只靠區區一根手指頭，就破解了亞伯爾所有的術式。

雙方的境界差異一目瞭然。實力的差距是如此懸殊。

如果是平常，亞伯爾會心生畏怖與尊敬，可是如今的他只剩滿腔的憎惡與憤怒。

可是，即便他燃燒了自己的一切，帕烏羅依然是遙不可及的存在。

「可惡！把我姊姊還來……把我姊姊變回原狀！帕烏羅——！」

既然用魔術奈何不了他，那就改打近距離格鬥。

亞伯爾利用魔術，把自己的身體能力強化到肉體瀕臨崩壞的程度，奮不顧身地以拳腳和手刀攻擊帕烏羅。

他的攻勢猛烈，完全不給帕烏羅喘息的機會。

「唉，你怎麼會說出這麼可笑的話？」

沒想到，帕烏羅秀了一手精湛得令人驚訝的格鬥術，不費吹灰之力，便化解了亞伯爾的一連串攻勢。

「你應該也明白吧。已經完成羽化的蝴蝶，有可能變回蟲蛹嗎？分靈覺醒也是同樣的道理。」

帕烏羅以彷彿雙手畫圓般的動作，輕描淡寫地頻頻招架亞伯爾的攻擊——

「放棄吧。你的姊姊不可能恢復原狀了。」

帕烏羅開口勸亞伯爾死心的同時，他突然「碰！」地一個震腳，把地面踩踏得搖晃起來。

「咚！」只見擺出馬步的帕烏羅，一掌轟在亞伯爾的胸口中央。

「嗄──!?」

亞伯爾已經透過白魔【肉體強化】讓自己的身體變得更健壯了。

即使如此，帕烏羅還是一擊就讓亞伯爾的肋骨斷個精光，一舉將他擊飛到遠處。

亞伯爾口吐著鮮血，毫無反擊之力地在地上翻滾。

最後，他的身體停在之前曾經是亞莉雅的物體身旁。

「咕啊……咳噗……姊、姊姊……！」

變成異形的亞莉雅，對瀕死的亞伯爾的呼喚置若罔聞。

她還是一樣彷彿在祈禱般十指交扣，杵在原地靜待指令。

「……可、惡……」

大勢已去。

狼狽地趴在地上的亞伯爾，連動根手指的力氣也沒有了。

相對的，帕烏羅則是完全保留實力。

他身為惡魔召喚士，卻完全沒召喚出新的惡魔對付亞伯爾，就是最好的證明。

「……結束了嗎？」

帕烏羅隨著腳步聲，慢慢走向趴倒在地的亞伯爾。

「唉，我也很遺憾結局竟然會是這樣。亞伯爾，虧我過去對你寄與厚望……是我沒有識人之明嗎？」

亞伯爾連反駁的氣力也沒有了。

結束了。自己就要像個螻蟻一樣，結束這段被這男人剝奪了一切，受其擺布與利用的可嘆人生。

「……對不起……對不起……亞莉雅姊姊……悠伊……大家……」

亞伯爾向始終沉默的姊姊，以及被吸收到她體內的小孩們謝罪。理所當然的，除了沉默以外，他沒有得到任何回應。

（……明明我曾說過要保護妳。發誓過再也不會讓妳碰上那麼悲慘的事情……）

讓妳受到這種痛苦，真的很抱歉。

讓妳嚐到這種悲傷，真的很抱歉。

都怪我太弱了。

亞伯爾對自己的無能感到懊悔，認命接受了這樣的結局。

他閉上眼睛，不再堅持保持意識清醒……

…………

……這時——

叩。

旁邊突然有了動靜，腳步聲傳進了他的耳裡。

因此保住了最後一線意識的亞伯爾，微微張開沉重的眼瞼。

他辛苦地抬頭往旁邊一瞧……

「什麼……!?」

亞莉雅她——站起來了。

變成異形的亞莉雅在保護亞伯爾似地，挺身站到他的面前。

「姊、姊姊……？」

「…………」

亞莉雅沒有任何回應。她的眼神空洞。儼然是沒有自我意志的人偶。

她只是張開手臂擋在帕烏羅面前，保護亞伯爾不受他的傷害。

「噢？這是什麼情況？」

見狀，原本始終掛著溫和表情的帕烏羅，終於有些動搖，一臉百思不解。

「《葬姬》雅麗莎爾……妳應該早就完全失去轉生前的人格了……追根究柢，現在的妳尚未締結契約，不可能照自己的意志行動才是。」

「…………」

亞莉雅同樣不發一語。

可是她全身強烈地散發出拚了命也要努力保護亞伯爾的氣息。

「唉，當了這麼多年的惡魔召喚士，我還是第一次經歷這種情況。就新鮮的角度來看，也不枉費我花了這麼多苦心在妳身上了。雖然這個現象還滿耐人尋味的，可是我也不能放任妳維持這個狀態。看來只好立刻進行契約儀式，正式讓妳變成我的下僕了……」

帕烏羅如此說道，向擋在他面前的亞莉雅伸出左手，口中唸唸有詞地唱起咒文。

只見他的左手掌心前方浮現出帶有邪惡氣息的魔術法陣，一股濁黑的魔力開始運轉……霎那——

大氣「轟！」的一聲裂開了。

「什麼——!?」

亞莉雅行動了。

她突破空氣的障壁，以瞬間移動般的速度殺向帕烏羅。

她的雙手分別提著紅與藍的雙魔槍。

全身充滿了火山爆發般的爆炸性紅色魔力，那個淒厲的神態，就跟虐殺天使的神話所描述的如出一轍。亞莉雅從正面向帕烏羅發動猛攻。

黑色的片翼所掀起的猛烈衝擊波，將地板刮出一道直線的鴻溝。

亞莉雅以手中的雙魔槍揮出了犀利的X字斬擊——一擊能讓天使軍團全軍覆沒，兩擊就能擊垮巨神兵的毀滅魔槍，為斬滅帕烏羅，毫不留情地向他砍去。

即使如此——她的對手是魔人・帕烏羅。

「有氣勢。」

帕烏羅用雙手握住朝他揮下的兩把魔槍，擋下了攻勢。

亞莉雅和帕烏羅隔著兩把魔槍，在近距離陷入僵持——

「姊、姊姊……!?」

亞伯爾不由自主地大叫。

但亞莉雅不發一語。

只是用背影向亞伯爾傳達她的意志。

從亞莉雅和帕烏羅身上噴發出的魔力在正面碰撞後，四周頓時雷電交加，狂風大作。

「呵呵呵……不愧是《葬姬》雅麗莎爾……雖然只是初生之犢，可是已經有相當不錯的實力了。不過，原先我以為妳應該不只這點程度的……也罷，還是別太挑剔了。」

即使身處地獄般的空間之中，帕烏羅依舊顯得從容不迫。

帕烏羅身上噴發的魔力有愈來愈強勁的趨勢，連亞莉雅的魔力也快被吞噬了。

亞伯爾已經想不出來還有什麼方法可以挫一挫那男人的銳氣。

當亞伯爾茫然不知所措，旁觀事態演變時——

狀況開始有了轉變。

——只不過是往最壞的方向。

亞伯爾以靈視看到了。

亞莉雅的魔力出現了異常的動態和增幅。

他瞧出了那個異形化的亞莉雅，接下來企圖做什麼事情。

說穿了，就是——

「噢？妳打算連同靈魂一起自爆把我炸死嗎？美麗的《葬姬》啊。」

帕烏羅萬般不捨似地喃喃說道，證實了亞伯爾的猜測。

「即便是我，也很難阻止妳這麼做……我費了很大的心血才讓妳轉生降臨，妳一自爆的話，這不就前功盡棄了嗎？話說回來，妳居然會做出犧牲自己拯救他人這種事……妳是什麼時候從惡魔變成天使的呢？」

縱使身處恐被炸死的狀況，帕烏羅還是一樣處之泰然。

「不可以，姊姊——————————！」

亞伯爾幾乎快破音地放聲大叫。

「拜託妳住手！千、千萬不可以死——」

然而，亞莉雅沒有把亞伯爾的聲音聽進耳裡。

不，就算她聽得見，結果恐怕也是一樣。

亞莉雅的魔力和靈壓持續攀升。

朝著某個臨界點，毀滅性地、沒有上限似地持續攀升。

不停攀升。

——不停攀升。

「這下傷腦筋了……經這麼一炸，就算是我，也很難毫髮無傷。該怎麼辦呢……？唔唔……」

「姊、姊姊……」

——最後——

眼看亞莉雅的魔力就要達到臨界點時——

那到底是奇蹟？神蹟？又或者是必然的現象？

之前從未做出任何人性反應的亞莉雅，突然轉頭望向了亞伯爾。臉上帶著一抹淡淡的微笑。

那有可能只是亞伯爾的幻聽——她輕聲地低喃著：

「……我愛你，亞伯爾。」

「——!?姊——」

「永別了。」

下個瞬間。

世界炸裂了。

聲音消失，壯大的能量以亞莉雅為中心，向四面八方膨脹擴散——

所有的一切。

都被漂白成最純粹的白色——

無論是憤怒、悲傷、絕望，無一例外。

…………

「嗚……」

……猛然清醒後，亞伯爾隔著眼皮感覺到旭日的陽光。

亞伯爾睜開眼睛，發現自己躺在堆積了大量瓦礫的巨大隕石坑裡。

「……我還……活著……？」

儘管從頭到腳傷痕累累，全身痛得快要散掉，至少亞伯爾活了下來，而且四肢健全。

被捲進了那場爆炸還能活下來，是奇蹟嗎？又或者是——……

「…………」

亞伯爾咬牙抬起上半身，踉踉蹌蹌地站了起來。

四周呈現一片光禿禿、遭到嚴重毀滅的風景。

亞莉雅和帕烏羅都不見了。

亞伯爾相信帕烏羅肯定還好端端地在某個地方活著。

問題是……亞莉雅呢？

亞伯爾確定……她恐怕已經徹底從世上消失了吧。

本來是教會的建築，或者任何能讓人聯想到教會的物體，已經一點也不剩了。亞伯爾視為第二故鄉的教會，連同四周的用地，都消失在先前那場爆炸之中。

這樣的結果也是可想而知的。

「……………………」

亞伯爾呆滯無神地愣在原地，盯著那個變成不毛之地的地方，看了很長一段時間。

他緬懷原本生活在此地的親愛姊姊的笑容。

悠伊、麗塔、露潔、艾依琳、露露、克萊普、狄恩、馬克思、羅伊……他緬懷原本生活在此地的可愛弟妹們的笑容。

他回想那段儘管短暫，可是和平又幸福的日子。

如今這些都化為烏有。自己痛失了一切——

萬念俱灰的亞伯爾緩緩地垂低視線。緩緩地——

然後——

一本被火燒焦、有一半覆蓋在瓦礫之中的書，映入了亞伯爾的眼簾。

「…………」

亞伯爾不由自主地從瓦礫堆中撿起了那本書。

書名是——『虛假的英雄・阿爾貝特・弗雷澤傳記』。

自從最重要的家人被奪走後，大半人生都在追殺仇敵，但直到最後仍沒有人能理解他的心情，就這麼被隱蔽在歷史黑暗中的——悲劇英雄。

「…………」

就在這個時候——

亞伯爾的心裡有一把火漸漸燒了起來。

他以為自己不再有任何的感受了。

他以為自己早就變成行屍走肉，彷彿燃燒殆盡的空殼般的存在。

可是——在那枯竭的內心裡，最後還有東西殘留了下來。

那就是憤怒。以及憎惡。

沒錯。

事情還沒結束。不能結束。豈能就這樣結束。

不可原諒。絕對不可原諒。

從我手中奪走了一切的那個邪魔歪道。帕威爾・福勒。

以及天之智慧研究會。

像那樣的邪惡，像那樣子的邪魔歪道和畜生，現在居然逍遙自在地，跟我生活在同一片天空下……恬不知恥地逍遙法外。一想到這，亞伯爾就憤恨難耐。這種事情是可以允許的嗎？當然不可能。絕對嚥不下這口氣。光是在腦海裡想，亞伯爾就覺得快吐了。

無法原諒。不可原諒。怎麼可能原諒？

灼熱的滿腔怒火，和如狂風暴雨般翻騰的憎惡。這些情感賦予了形同空洞木偶的亞伯爾，再次活下去的理由，以及重新振作的力量。

亞伯爾的情緒像是從地底深處噴竄而出的岩漿般爆發了，他扯開嗓門大叫：

「啊啊啊啊啊啊啊啊啊啊啊啊啊啊啊啊啊啊啊啊啊啊啊啊啊——！」

「啊啊啊啊啊啊啊啊啊啊啊啊啊啊啊啊啊啊啊啊啊——！」

臉頰上淌著兩行熱淚，亞伯爾繼續宣洩情緒：

手上緊緊握著阿爾貝特・弗雷澤的書——亞伯爾放聲咆哮。

「這樣啊……！虛假的英雄阿爾貝特・弗雷澤！我稍微瞭解到你的心情了……！你也曾經跟我一樣嗎⁉受到這種無法把持的感情刺激……所以你才會拋下一切投身戰鬥嗎⁉可惡！可

惡！可惡————————！嗚喔喔喔喔喔啊啊啊啊啊啊啊啊啊啊啊啊啊啊啊啊啊啊啊啊啊啊啊啊啊——！」

從亞伯爾眼眶滾落的淚珠，開始摻雜著鮮血。

雖然他用雙手覆蓋住臉，可是從指縫露出來的那雙眼眸，眼神非常尖銳，和過往那個溫柔善良的少年亞伯爾相比簡直判若兩人。

那雙銳利的眼神，就像盯上獵物的老鷹。

「呼……！呼……！好……我也來效法你……踏上那條不得善終的道路吧……阿爾貝特・弗雷澤……！旁人的理解？復仇不會產生任何助益？……關我什麼事！還沒結束……！我不會就這樣善罷甘休……！我要讓那些不把人命當一回事看待的邪魔歪道，付出死亡的代價……！」

眼神蘊含著與敵人玉石俱焚的決心，亞伯爾做出了宣言。

「可是，就憑現在的我是不行的……！我還太天真了……！就憑無法狠心犧牲一人拯救其他九人的我，不可能贏得了帕烏羅……！既然如此，我必須『扮演他人』……！我必須拋棄天真軟弱的『我』，變成更為堅強的自己……！徹底變成另一個人……！」

亞伯爾扯斷掛在脖子上的項鍊，將銀十字架牢牢握在掌心中。

接著，他踩著儘管搖晃不穩，卻充滿了堅定決心的步伐，一步一步慢慢從坑洞的斜坡往上爬。

「走著瞧吧！帕烏羅……！還有天之智慧研究會……！總有一天，『改頭換面的我』一定會消滅你們……！下地獄後再好好回顧這個名字吧……！

『改頭換面的我』的名字是——……！」

……

…………

「怎麼了？阿爾貝特？」

耳邊傳來的聲音，把帝國宮廷魔導士團特務分室執行官代號17《星星》阿爾貝特・弗雷澤的意識，從遙遠的過去拉回了現實。

阿爾貝特瞥了身旁一眼，在那裡的是和他一起靠著老朽的石牆，並肩癱坐於地的葛倫・雷達斯。正抬頭仰望著夜晚星空的他，現在跟自己一樣穿著魔導士禮服，而非平常的魔術講師制服。

葛倫和阿爾貝特都傷到體無完膚。先前的激戰在兩人全身上下留下了隱隱發燙的痛楚。

這個座落在荒涼的山間，有著大片老朽建築的地方是──古代遺跡都市馬勒司。

蒼天十字團的肅清作戰，以及本次以梨潔兒的乙太解離症為開端的騷動──葛倫和阿爾貝特賭上了彼此的信念與意志的激戰，在剛剛終於做出了了斷。

最後的結果大爆冷門──葛倫打敗阿爾貝特贏得了勝利。

「哼……怎麼了？成為我的手下敗將，讓你那麼懊悔嗎？」

葛倫擺出嘲諷的表情，隨口吐槽。

「不……我只是想起了過去的事。」

阿爾貝特喃喃地回答葛倫。

「果然……我還是太弱了。我的覺悟仍不夠徹底。信念還很薄弱。換句話說……我一點也沒有成長，一點也沒有改變。」

阿爾貝特把掛在脖子上的銀十字架握在掌心中，低聲嘟囔。

銀十字架的觸感跟當年相比完全沒有變化。就跟現在的自己一樣。

啊啊，沒錯。必須經由捨棄自我、借用別人的名義、扮演他人的方式，才能讓自己徹底變得冷血無情的『我』，到底又有何能耐？

阿爾貝特自嘲似地吁了一口氣。

「啊啊，是嗎？或許是吧。」

對於阿爾貝特的自白，葛倫並沒有深入探究。

「唉……人類哪有可能說變就變？笨蛋。我是不知道你在神經質什麼啦……可是你就是你……那有什麼不好嗎？」

「…………」

「幹嘛逞強啊？我們也只能以自己的特質奮力掙扎吧。」

聽到葛倫這句毫不婉轉的話，阿爾貝特沉默了好一會兒，思索著話裡的箇中道理……不久，他微微揚起嘴角露出微笑。

「……沒錯。你說的對。」

語畢，阿爾貝特和葛倫陷入了沉默。

可是那股沉默並不會教人覺得尷尬。

那是一種能讓雙方靜下心來的奇妙沉默。

半晌——

「葛倫。」

阿爾貝特閉著眼睛，以平靜的語氣打破了沉默。

「幹嘛？」

「我……絕對不會妥協。」

「…………」

阿爾貝特的語氣充滿了新的決意，葛倫緘默不語。

「我……沒辦法變得像你一樣。為了拯救絕大多數而犧牲極少數——這個原則……以後也不會改變。我有我必須達成的目標……就算死後會下地獄，我也在所不惜。」

「…………」

「如果你對我的做法有什麼不滿……」

就像那個被世人遺忘的虛假英雄一樣，被朋友背刺，孤零零地陳屍在空蕩蕩的荒野——

或許這樣的末路，正適合已經墮入邪道、再也無法回頭的自己吧。

當阿爾貝特心不在焉地想著這種念頭時——

「啊啊。有需要時記得找我。」

沒想到會從葛倫口中聽到這樣的回答，阿爾貝特睜大了眼睛。

「呿。只要你和我兩人聯手，就算是再怎麼險惡的狀況，應該都會有所轉機啦。」

葛倫別過頭看往其他地方，他的口氣聽似意興闌珊，一副嫌麻煩似地咂了聲嘴。
不過，這段話卻也隱藏了『你不需要一個人承擔一切』的言下之意。
接到這個訊息後，阿爾貝特又陷入短暫的沉默。
然後……
「呼……果然敗給你了。」
他露出跟平常相比，稍微柔和了一點的表情，如此喃喃說道。
就這樣——
那股氣氛祥和的沉默，一直持續到救出了梨潔兒的伊芙等人到來為止。

——葛倫與阿爾貝特的決戰，就此畫下了句點。
這一天的戰鬥，是葛倫此生從阿爾貝特這個對手的手中拿下的唯一一次勝利。
沒有人會知道。
而且也沒有人發現。
今晚的這場大戰——正是歷史與命運的重大分水嶺。
就連身為當事人的葛倫與阿爾貝特也渾然未覺。

自始至終，沒有任何人發現這個事實——

後記

大家好，我是羊太郎。

短篇集『不正經的魔術講師與追想日誌』第四集出版上市了。

這一切都要感謝編輯和各位出版關係者，以及支持本篇的『不正經』的讀者們！謝謝各位！

沒想到連短篇集也出到了第四集。嗚喔喔喔，還真能寫呢！我好努力啊！

最近本傳的劇情大部分都滿嚴肅的，短篇集成為可以盡情描寫葛倫等人日常故事的貴重平台，對我來說非常有幫助。

短篇既能深入描寫在本篇中稍微露了一下臉的配角們，也能讓不正經的世界觀變得更為廣闊，儼然已經成為『不正經』系列不可或缺的一部分了。

希望喜歡『不正經』的讀者們在看過本傳之後，也能一起閱讀短篇。

那麼，依照慣例，在此附上本集收錄的各篇故事的短評——

〇某少女的素行調查

以梨潔兒為主角的故事。

編輯：「對了，梨潔兒平常住哪裡？過什麼樣的生活？」

羊：「我從來沒有想過這個問題啊啊啊啊啊啊啊啊啊——!?」

這篇故事就是這麼來的，為了補足設定而創作的故事。

所以說短篇真的幫助很大對吧！因為可以像這樣事後填補本傳留下來的設定大漏洞呢！

畢竟我還滿常隨當下的心情，或者在設想還不夠周全的情況下寫作的……

咦？叫我設定想清楚了再動筆？有道理呢～

〇興風作浪的幼天使

以瑟莉卡為主角的故事。

瑟莉卡在本傳中常常擺出大人的架子，可是她的本性其實跟喜歡惡作劇的小鬼沒兩樣吧？在這樣的發想下，我不禁好奇實際把瑟莉卡變成小孩子的話，會鬧出什麼事？本故事就是因應這個疑問誕生的。

嗯，結果證實她是比我想像還要邪惡的小鬼（笑）。神通廣大的小孩真的很難搞哪！

不過，瑟莉卡這角色對作者而言真的很好運用呢，以短篇來說，她非常適合做為收尾的角色。因為只要瑟莉卡一出馬，沒有什麼事情是解決不了的！**雖然在本傳裡面，她不知何故每次都會背負不利的條件，無法完全發揮實力就是了！**

○病弱女神瑟希莉亞

在追想日誌第二集裡，原本只是龍套角色的瑟希莉亞老師，也是因為這篇故事才正式升格成要角的。

在初期的人物設定中，瑟希莉亞老師本來是不重視自己健康，一心只為拯救他人而輕忽了身體狀況，屬於自我犧牲型的夢幻氣質角色——**為什麼會變成現在這樣？**

○狂王的試煉

這篇故事原本應該以西絲蒂娜、魯米亞、梨潔兒三名少女，和二班的愉快夥伴們為中心的，**結果卻被那傢伙搶盡了鋒頭。**

只要讓那個屬於有毒危險物品的角色登場，故事就會被侵蝕得一蹋糊塗，救命啊！

○虛假的英雄

保留了很久的故事，終於解禁。

現在就是把這篇故事呈現給讀者的最佳時機。我在和編輯商討過後，做出了把本故事收錄在追想日誌第四集的決定。

關於這篇故事，不管我做什麼評論，都有可能會爆大雷。

讀者們看完前兩、三頁的時候，如果有「這故事在說什麼啊？」的感想也是很正常的，總之請務必看到最後。

本集的內容差不多就是這樣吧？

今後我會繼續努力創作讀者們喜歡的故事，『不正經』就有勞各位讀者的支持了！

羊太郎

輕小說

LIGHT NOVELS

不正經的魔術講師與追想日誌4

(原著名：ロクでなし魔術講師と追想日誌4)

原作：羊太郎

插畫：三嶋くろね

譯者：林意凱

日本株式会社KADOKAWA正式授權中文版

【發行人】范萬楠

【出　版】東立出版社有限公司

台北市承德路二段81號10樓　TEL：(02)2558-7277

【香港公司】東立出版集團有限公司

香港北角渣華道321號　柯達大廈第二期1207室　TEL：23862312

【劃撥帳號】1085042-7

【戶　名】東立出版社有限公司

【劃撥專線】(02)2558-7277　總機 0

【美術總監】林雲連

【文字編輯】盧家怡

【美術編輯】陳繪存

【印　刷】勁達印刷廠

【裝　訂】台興印刷裝訂股份有限公司

【版　次】2019年07月24日第一刷發行

　ISBN　978-957-263-330-4